조문시에서 7일

강경호 소설집

# 조문시에서 7일

푸른사상
PRUNSASANG

　-책의 출간은 언제나 기쁘고 보람된 일입니다. 제 소설집을 출간해주신 '푸른사상' 임·직원들께 감사를 드리며 제 소설집이 널리 읽혔으면 하는 기대를 가져 봅니다. 이 기대는 한국문학과 한국소설의 융성을 바라는 염원이기도 합니다.

　이 소설집은 단편 여섯에 중편 하나로 구성되어 있습니다.

　안정감 있는 서사와 차분한 내레이션, 깊은 사색이 어우러져 격조 높은 작품으로 평가 받은 「**삼송역에서**」가 먼저이며, 팔레비 왕조가 붕괴되던 이란의 격동기 때 비극적으로 생을 마감한 한 청춘 남녀의 사랑을 그린 「**이스파한의 장미**」가 두 번째입니다.

　다음이 고소 작업자들인 도비들의 삶과 죽음의 현장 이야기인

「죽은 자들」과, 중편 「옴마나스의 꿈」입니다.

「옴마나스의 꿈」은 기원을 전후해 한때 번성했던 중앙아시아의 한 도시 국가가 모래 속에 파묻혀 사라져야 했던 이야기입니다. 이 이야기는 서사시를 방불케 하며 주인공 옴마나스의 유랑과 비원을 통해 장쾌하게 펼쳐집니다.

「어둠 속에서」는 갱 속에 매몰되어 죽어 가는 한 소년 광부의 삶의 갈망을 그린 실존적 작품입니다.

「한국역에서 에피소드 셋」은 각각 성폭행과 치정살인, 연예인의 자살을 다룬 옴니버스 형식의 작품입니다. 인간의 잔인성과 성욕에 관한 사례적 얘기라고 하겠습니다.

마지막 구성 작품인 「조문시에서 7일」은 국고보조금을 타내기 위해 반정부 활동을 일삼는 사이비 시민단체들의 행태와 그들 단체를 이끄는 공칠수, 박완사의 정치적 행보를 그렸습니다.

노인들은 오늘을 두고 황혼을 산다고 하지만 젊은이들에겐 오늘은 청춘이고 시작의 날이 아니겠습니까. 같은 오늘을 두고 이렇듯 서로 관점이 다른 것은 노인과 젊은이 모두 중도의 삶을 살기 때문이 아닌가 합니다.

소설도 다르지 않습니다. 한 소설의 시작은 언제나 중도에서 이루어지고 중도에서 끝납니다. 인간의 전생과 후생을 알 수 없듯 그 소설 앞서의 상황이나 후일담도 알 길이 없습니다. 그러나 인간의 삶에 있어서나 소설에 있어서의 영속성과 반전은 누구나 모르듯 아는 일입니다. 그 영속성과 반전이 더 이상 우리와 벗하지 않을 때 소설이 쓰인 종이책도 운명이 다할 것입니다.

2014. 봄
저자

# /// 차례

# 삼송역에서

# 삼송역에서

1

걸인풍의 한 남자가 지하철 계단 한쪽에 앉아 있다. 입구 쪽에서 보면 등진 모습이다. 계단을 오르는 승객과 눈이라도 마주칠 양이면 허리를 굽실대며 겸연한 표정을 짓는다. 그럴 때면 정신이 온전한 사람처럼 보이기도 한다. 그러나 벽을 향해 돌아 앉아 있을 때는 그는 반쯤 넋 나간 사람처럼 행동한다. 앞에 사람을 대하고 있는 듯이 중얼거리며 천연덕스런 손짓 제스처까지 해 보인다.

그는 누구인가. 발에 짓눌려 사뭇 얇아 보이는 낡은 조리를 신고 종아리가 껑충하게 드러난 거무칙칙한 7부바지 차림에 때 묻은 알록달록한 하와이안 셔츠를 입었다. 그 셔츠는 부대자루 모양의 여자 잠옷처럼 풍덩하리만치 컸고, 단추가 달려 있지 않아 제대로 여밀 수 없어선지 움직일 때마다 허옇고 뒤룩한 배가 드러난다. 옷이 때에 절었으니 몸뚱인들 깨끗할 손가. 발은 뭉툭한 가지 마냥 시커멓고, 훤하게 드러난 정수리 아래로 내뻗친 머리는 삶은 문어 다리 모양 말려 있다. 당장이라도 꼬질하게 엉켜 있는 머리에서 퀴한 쉰내가 풍겨 올 것만 같다. 광대뼈가 도드라진 홀쭉한 얼굴에 퀭한 눈. 코밑과 턱 언저리에 제멋대로 자란 숭숭하고 구득한 수염들, 간간히 허으 하고 웃을 때 내비치는 누런 이빨. 굽은 듯 보이는 허리와, 다리가 불편한지 뭉그적대는 늙수그레한 사내. 난잡함과 더러운 느낌이 일말의 연민마저 밀어낸다.

무엇이 그리 흡족한지 그는 지금 희멀건 타일 벽을 쳐다보며 웃고 있다. 아니 웃는 표정을 짓고 있다고 해야 하나. 자기만족이 지나쳐 고개를 끄덕이며 눈매와 입가에 겹겹 주름을 일구고 있는 저 실없어 보이는 웃음기. 살아있다는 그 자체가 즐거워서인가. 삶의 부질없음을 깨달은 범상한 지혜에 스스로 기꺼워서인가. 아니면 벽면에 윤곽으로 어른대는 사람 꼴이 아닌 자신의 몰골에 어이없어서 함인가. 사람들이 그 모습을 보곤 실소하며 지나친다.

계단 한편은 두들겨 맞던 권투선수가 황급히 찾아드는 코너 스툴만큼이나 그에게 소중한 곳인지도 모른다. 그렇지 않다 해도 코지모 남작(칼비노 作 『나무 위의 남작』의 주인공)의 나무 위의 둥지처

럼 그만이 전용하는 한여름의 폭염을 피할 수 있는 그늘이고 안식
처인 것은 분명하다. 오르내리는 사람들의 발자국에 더러워지고 가
래침 같은 오물이 묻어 있는 곳일지라도 악다구니와 탐욕으로 점철
된 세상과는 유리된, 혹 그러한 것들에 아랑곳하지 않는 그만의 사
유처이고 쉼터일 수 있다. 그 향유감은 달갑지 않은 뭇 시선과 눈치
에도 개의치 않는 자유로움이며 그것이 웃음으로 나타난다. 간혹
눈매가 순순해지고 다문 입과 시선이 안돈된 모습을 보일라치면 그
의 얼굴에서 언뜻 선량함이 감지된다. 그 선량함은 버려진 공간적
모퉁이, 시간의 모퉁이를 점유하고 있는 그의 겸허함 때문만이 아
니다. 쓰레기더미에서 유독 깨끗하게 보이는 하얀 사기그릇 같은,
그 이상의 탈속한 느낌도 일몫한다.

　그가 희죽인다. 그의 마음을 즐겁게 하는 뭔가가 있는 모양이다.
그러다 갑자기 근엄한 표정을 짓는다. 자의식과 완고함이 우러나는
그런 표정 말이다. 표정은 마음의 창이다. 그가 응시하는 타일 벽면
에 그의 심적 변화를 일으키게 하는 요소라도 있는 걸까. 타일 벽은
분명 시각과 공간을 방해하지만 마음이 대상을 인식한다는 측면에
서 보면 벽은 그에게 있어서 하등 문제가 되지 않을 수도 있다. 그
렇다면 그는 벽 저편의 또 다른 현실세계와 교통하고 있으며 그 세
계에 골몰하고 있는지 모른다. 그가 표정을 누그러뜨리고 푸념처럼
중얼인다. 그가 선호하는 것들과 배타시하는 것들이 혼재한 저편의

시공 쪽에 대고 하는 말인 것 같다. '부모에 의해 세상이라는 공간에 처음 모습을 드러냈을 때 내 피부는 해맑고 포동포동했는데 시간에 내맡겨져 여행하는 동안 나는 늙었고 내 피부도 쭈글하고 거무죽죽해졌다. 그래서 나는 시간을 달갑게 여기지 않는다.' 그가 시계를 갖고 있지 않다는 점에 유의한 추론이지만 그의 심기를 불편하게 하는 건 공간과 시각을 가로 막는 타일 벽이 아닌 시간으로 짐작되었다. 공간에 존재하는 한 무조건 시간을 누려야 하고 그 대가는 노추인데, 그가 시간에 대해 트집을 잡는다면 인생의 황금기인 청년시절을 있게 한 시간에 대해선 어떤 입장을 취할 것인가. 어느 때 그의 흘금거리는 눈길을 의식해 뒤돌아보니 그는 히죽대는 얼굴로 나를 쳐다봤고 그것이 꼭 조소하는 것처럼 비쳐져 기분이 언짢았는데 이번에도 내가 시간에 대해 불평하는 것으로 성급히 단정한 것은 아닌지. 잠시 걸음을 멈춘 채 그를 지켜보던 나는 공연한 상상을 접고 지하철을 타기 위해 계단을 내려갔다. '저러다 필경 죽겠지' 하는 속내를 지니고서.

내가 걸인을 처음 본 것은 여름 더위가 막 기승을 부리는 7월 초였다. 걸인에 대해 지하철 계단에서 잠시 더위를 피하는 사람이려니 하였지만 그게 아니었다. 그때도 행색이 꾀죄죄했어도 이목을 끌 만큼 볼꼴 사납지는 않았다. 한 달 반이 흐른 지금, 이젠 걸인 티가 역력하다. 그의 주변도 너저분하기는 마찬가지다. 발치엔 튀김이나 순대 같은 음식물이 든 비닐봉지들이 헤쳐진 채 놓여 있고 빈 소주병과 담배꽁초들이 벽 가장자리에 함부로 버려져 있어 계단을 오가는 이들로 하여금 눈살을 찌푸리게 한다. 그럼에도 내가 그에게 관심을 갖게 된 건 평소와 다른 그의 모습을 보고 나서부터이다. 한 보름 전인가. 지나치는 도중, 그가 계단 모퉁이에 쪼그려 앉아 책을 읽고 있는 것을 목격하곤 그게 신기한 나머지 곁에 가서 슬쩍 말을 붙였다. "무슨 책이에요? 재밌어요?" 그러나 그는 책읽기에 몰두한 양 이렇다 할 반응이 없었다. 머쓱해서 그냥 가려는데 그가 나를 올려다보며 느릿하니 대꾸했다.

"소설책이요."

"소설책 읽는 걸 좋아하시나 보지요?"

"시간을 때우는 것과 소설책 읽는 건 다같이 지루한 일이에요. 그러니 좋아할 리가 있겠어요. 더러 괜찮은 소설도 있긴 하지만 거개가 내용이 신통찮고 재미도 그럭저럭이에요." 걸인의 손에 들려 있는 소설책은 꽤나 두툼했다. 푸른색 겉표지에 쓰인 제목을 보니 단편 선집 같았다. 걸인에게 재차 말을 건넸다.

"그럼 어떤 소설이 괜찮은 소설이에요?"

걸인은 나와 얘기하는 것이 마뜩치 않은지 표정이 시뜽해 보였지만 말은 곧잘 했다.

"재미있게 술술 읽히는 소설이 괜찮은 소설 아닐까요. 그렇지만 요즘 소설은 그렇고 그래요. 당최 얘깃거리도 되지 않는 소잡(小雜) 한 걸 갖고 '소설입네' 하고 엮어 놓으니 흥미가 동하겠어요. 나같이 한심한 놈이나 그런 걸 읽을까. 재미와 감흥을 돋우는 데 자신이 없다면 외국 소설에서 보듯 특별한 소재에 파격적인 면이라도 있어야 하는데 이것도 저것도 아니니……."

몇 사람이 우리를 흘긋흘긋 쳐다보며 지나갔다. 그중엔 내가 아는 사람도 있을지 모른다는 생각이 머리를 스쳤지만 괘념치 않았다.

"저는 문체가 다소 거칠더라도 서사를 통해 일구어지는 대하소설이나 모험·공상소설을 선호하는 편이어서 문화적 세태어와 감수성으로 도회인의 일상을 그리고 있는 통속 소설은 도외시합니다. 그러나 보시다시피 인연이나 변화를 기다리며 시간을 소진하는 저로선 이것저것 가릴 처지가 아니지 않습니까. 통속 소설도 부득이 읽긴 합니다."

출구를 나와 집으로 향하면서 걸인이 피력한 소설관에 대해 생각했다. 근래 성행하는 소설을 두고 '문체만 있고 내용은 없다'던가 '진정성도 없고 표피적이다.'라는 견해에 다름 아니지만 그런 견해의 뒷받침인 식견을 걸인이 어떻게 지니게 되었는지가 궁금했다. 소설을 많이 읽음으로써 절로 터득한 것 같진 않고……. 혹시 걸인이 소설을 읽는 단순 독자가 아닌 소설가 지망생이었거나 아니면 이름이 알려지지 않은 소설가일 수 있다는 추측마저 일었다. 마음

한편에선 걸인과 소설가의 통념적 이미지가 너무 대조적이어서 그럴 리가 하는 회의가 싹텄으나 가능성을 굳이 부정하고 싶지 않았다. 그는 누구란 말인가. 면벽을 즐겨 하는 중관론자인가. 아니면 걸인 소설가란 말인가. 중관론자라면 나가르주나(龍樹)의 관거래품에 얽매어 시공을 헤매고 있지 않은지. 소설가라면 밑바닥 인생으로 전락해 거리를 떠돌면서 삶의 저편으로 멀어진 옛적 로망과 낭만을 반추하고 있진 않은지. 그가 기다린다는 인연과 변화는 무엇을 뜻하는 것일까. 이후 나는 그를 범상치 않은 존재로 여기게 되었고, 그가 표출하는 언행에는 특별하고 비밀스런 의미가 내포되어 있을 거라면서 상상력을 동원해 그 의미를 헤아리고자 했다.

## 2

중학생으로 보이는 네댓 명의 소년들이 그를 둘러싸듯이 하고 있다. 그중 덩치 큰 소년이 그에게 말을 건다.

"아저씬 무엇을 하는 사람이에요?"

물음에는 다분히 장난기가 내포되어 있다. 물은 소년이나 소년의 친구들이나 그를 얼리듯 빙글대는 표정에서도 그걸 읽을 수 있다.

"나? 글쎄……. 나는 악마야."

대답이 영 딴판이다. 그리고 한 술 더 떠 자신을 신기한 구경거리쯤으로 치부하는 소년들의 속내를 간파했다는 듯이 사뭇 눈을 치뜨며 정색한 표정까지 짓는다. 다른 한 소년이 사내의 얼굴에 들이대듯 하면서 되받는다.

"악마라고요? 증거를 보여 주세요."

"증거는 없어."

거 봐란듯 와!! 하는 시끌함이 순간적으로 인다. 소란이 가시자 그가 다시 말을 텄다.

"그러나 선과 악은 상대적이며 한 일체야. 천사와 악마도 한통속이지. 불이문(佛二門)이 그걸 설명하고 채근담에도 있듯 부정한다는 표현은 내심 그 반대라는 거야. 너희들이 미심쩍어 하니 사례를 들게."

그가 무릎에 손을 짚고선 천천히 일어섰다. 작은 키여서 여전히 소년들에게 감싸인 듯 하다.

"5번 출구를 나와서 서쪽으로 쭉 가면 '헤스페리데스'라는 바닷가 마을이 있어. 어느 날 그 마을민 다섯이 함께 길을 떠나게 되었지. 갓난아이와 그 어머니, 두 사람의 남자와 악마인 나, 이렇게 다섯인데. 갓난아이가 아파서 급히 병원에 가는 길이야. 병원으로 가는 길은 마을 뒤편 산속에 뚫린 동굴길 밖에 없어. 일행은 주저 없이 동굴 길로 들어섰고, 그 길을 가는 도중에 갈래길과 맞닥뜨렸어. 좌측 길은 병원에 빨리 갈 수 있는 지름길이지만 물이 흐르고 있어서 배를 타고 가야만 했고, 우측 길은 걸어서 갈 수 있는 마른길이지만 먼 길이라는 거야. 두 사람의 남자 중 나이 많은 사람이 말했어. '좌측 길로 갑시다.' 젊은 남자가 이의를 제기했어. '좌측 길로 간 사람들 치고 살아 돌아온 것을 본 적이 없다는 속설이 있어요. 좌측 길로 가면 안돼요. 우측 길로 가야 해요. 불문율이에요.' 나이 든 남자가 반박했어. 신념에 가득 찬 강력한 어조였지. '나는 그것이 사실일지라도 믿지 않습니다. 우리의 삶 자체가 어두운 운명인데 뭘 두려워해야 합니까. 불문율은 깨어지게 마련입니다. 불문율을 무시하고 좌측 길로 갑시다.' 우리 모두는 결국 그의 의견을 좇아 물가에 대어진 배를 탔고, 종내 죽음의 물길을 무사히 벗어나 병원에 당도할 수 있었어. 사실 수심이 깊은 곳에 이르면 배를 전복시켜 사람들을 모두 죽게 하는 것이 내가 할 일이었으나 난 그 일을 실행에 옮기지 않았어. 왜냐고? 나이 많은 남자의 확신에 찬 결단력에 감복했기 때문이지. 악마도 때론 천사로 탈바꿈한다는 것을 알려주고 싶어서 이 얘기를 한거야. 악마의 본연의 역할은 뭔지 알아? 인구가 폭발적으로 늘어나지 않도록 조절하는 거야. 인간을 해롭게 하는 일은 크게 보면 우주를 포함한 모든 생명체를 살리는 이로운 일이지. 제대로 된 인간이라면 인간을 위한 소아보다는 우주 전체를 위한 대아에 가치를 부여해야 돼. 즉 인간 위주의, 인간만의 이로움과 선은 자연계에 있어선 해로움이고 악이기 때문이야."

"가자!"

처음 말을 건 그 소년이 불퉁하니 내뱉자 그게 신호인 양 소년들은 걸인에게서 떨어져 우르르 계단을 내려간다. 어깨에 둘러 맨 백팩이 들썩거릴 만큼 부산스럽고 왠지 신나 보이기까지 한다. 방과 후의 해방감에다 내일이 놀토이기 때문일까. 흐트러진 오후의 정적은 걸인의 평정심까지 앗아간 것 같다. 그가 일어섰다 앉았다를 반복하면서 뭐라고 줄곧 투덜이고 있다. 처음으로 목도하는 걸인의 또 다른 일면이다. 무엇이 그를 안절부절하게 하는 것인지, 소년들을 상대로 악마의 이로움을 설파한 것을 못내 자책하고 있는 걸까.

## 3

소나기가 지나간 후텁한 오후, 두 명의 젊은 여인네와 함께 있는 그를 보게 되었다. 여인들은 밝은 색상의 투피스 차림에 각기 쇼퍼백과 햇빛을 가리는 양산을 지니고 있다. 전도하러 다니는 교인들로 짐작돼 그와 관련한 대화를 나누는가 보다, 고 생각했지만 실상 그게 아닌 듯 했다. 계단 아래쪽에서 신문을 읽는 척 하며 지켜보니 걸인이 여인들을 상대로 얘기에 열을 올리고 있었고 여인들은 잠자코 듣고 있는 양상이었다. 그간 적적했는지 아니면 자신의 얘기에 스스로 도취됐는지는 몰라도 격정적이기까지 해서 이쪽까지 말소리가 들렸다. 그런데 정작 여인들은 걸인의 얘기를 귀담아 듣는 것 같지 않다. 뻘쭘한 태도나 고개를 기웃거리는 산만한 모습에서 그런 느낌을 갖게 했다.

걸인이 얘기하는 도중 한 여인이 쇼퍼백에서 뭔가를 주섬주섬 꺼내 걸인에게 건넨다. 드링크와 주보처럼 보이는 흰 종이였다. 걸인은 그걸 받으면서도 얘기를 멈추지 않는다.

"썰렁한 얘기, 하러 오신 걸 물론 잘 압니다. 인상들은 야무져 보이시는데, 어쩌다 빠져 드셨나요? 사람은 흙에서 비롯됐고 죽으면 의당 흙으로 돌아갑니다. 생각, 기억, 감정을 지녔다고 해서 2천 년 전에 태어난 누구와 까마득히 오랜 그의 아버지를 믿으면 죽은 뒤 호의호식하며 영생을 누린다고요? 그게 말이 되냐고요? 다 허황된 얘기예요. 흙이 천국이에요. 흙으로 돌아가 새로운 생명으로 변이 되지 않고 마냥 흙으로 있는 것이 영생이에요. 그게 진정 축복이에요. 주신 드링크는 잘 마시겠습니다만, 시간이 남아돈다면 진짜 보람된 일을 찾아보세요. 가래침 함부로 안 뱉기, 담배꽁초 함부로 안 버리기 캠페인도 좋잖아요."

그쯤에서야 걸인의 얘기는 끝난 것 같았다. 여인들은 자기네끼리 짧게 수군거리더니 걸인에게 놓여난 것이 다행이라는 듯이 인사를 하는 둥 마는 둥 하면서 서두는 몸짓으로 계단을 내려왔다. 자연 나와 시선을 마주치게 되었는데 표정들이 야릇했다. 잔뜩 볼멘 것 같기도 하고 어이없어 하는 것 같기도 하고, 어쩌면 '우리들은 한 마디도 안했어요.' 하는 무언의 하소 같기도 하고, 한데 놀랍게도 두 여인은 얼굴 생김새가 같은 쌍둥이었다. 더욱 놀라운 것은 걸인이 구겨서 휙 던져 버린 종이를 주워서 봤더니 주보도 전도지도 아닌 단순한 백지라는 사실이었다. 걸인이 종이를 버린 이유는 알 것 같아도 여인들이 걸인에게 준 백지가 의미하는 바가 무엇인지는 전혀 알 수가 없었다. 그렇다고 역내로 사라진 두 여인을 찾아 물어 보기에는 이미 늦었고……. 집에 와서까지도 생각을 기울여 그 의미를 알고자 애를 썼으나 이거다 하는 심증은 얻기 어려웠다. 다만 백지의 의미를 가정적으로 추단해서 종이 자체는 색(色, 사물)이며, 흰 바탕은 공(空, 수용과 내포)을 뜻하며, 색과 공이 합쳐 무(無, 색과 공의 병립과 상존을 통한 우주의 바탕이나 섭리)가 성립되고 무는 중도(中道)인, 나름의 논리를 일궈 냈다. 불분명하긴 해도 추단대로라면 그 여인들은 전도하러 다니는 기독교인이 아닌 셈이다. 그렇다면 여인들은 누구이며, 무슨 목적으로 걸인을 만나 그의 애기를 들어야만 했는가가 새로운 의문으로 떠올랐다. 머릿속이 한층 복잡해졌다. 결국 백지의 의미는 물론, 걸인과 쌍둥이 여인들의 상관관계를 규명한다는 것은 내 지견(智見)이 미칠 수 없는 불가해(不可解)임을 깨닫곤 천착에서 벗어났다. 내가 한낮에 귀신을 본 모양이다.

종교의 본질이 무엇인가를 생각했다. 인간은 자연의 일부로써 뭇 생명, 뭇 사물들과 공존, 공생하는 것을 지각케 하는 교의(敎義)쯤으로 간주하고 싶다. 그런 측면이라면 인간은 사후 극대접 받아야 할 만큼 공로가 있고 특별한 존재도 아닐 뿐더러 그에 따른 세계가 조성돼 있지 않다는 논지는 설득력을 지닌다. '인간은 자연에 속해 있고 운명도 맡겨져 있다. 인간은 자연을 모태로 하는 생명체이기 때문이다.'라고 하는 자연일체론이나 '흙에서 생명을 얻은 인간이 생명이 다하면 흙으로 돌아가는 것이 이치이고 순리'라는 걸인의 지론 역시도 다분히 이성적이다. 구원은 지옥에 가지 않는다는 보장에 다름 아닐 것이다. 결국 천국에 가기 위해서 신을 믿거나 지옥에 가지 않으려고 신을 믿는다는 자기 보신이 구원인 셈이다. 신과 종교는 별개라는 구분도 이 때문이다. 신을 택할 것이냐 종교를 택할 것이냐는, 구원과 지복을 택할 것이냐 이성과 도의를 택할 것이냐의 선택일지 모른다. 사후 천국에서의 영생은 너나 없는 갈망이지만 전제나 수단의 행태가 지나치면 속박이 되고 미망이 된다는 지적과도 무관치 않다.

어떤 이는 불가지론적 선험을 당연시하면 인간의 지적 소산을 어쭙잖게 여기는 냉소에 직면하리라고 말한다. 이 지구상에 잠시 나타났다 사라지는 나그네 주제에 우월의식에 사로잡혀 모든 걸 알다시피 하고 주인 행세를 한다는 것에 대한 통박일 테지만 현시적 단견일 수 있다. 사물과 생명체의 근원이 같은데 주인과 나그네가 따로일 리가 없다. 모두가 주인이자 나그네이니 말이다. 주체와 객체는 언제나 상호 성립도 고정적이지도 않는, 입지나 역할에 따라 변한다. 분별은 무망하고 절대적인 대상이나 진리마저 존재할 수 없다는 것을 알면서도 사람들은 짐짓 간과한다. '하나의 신만 믿으면 그 하나의 신도 알지 못한다, 고 하는 맥스 밀러의 명구는 신을 이재(理財)와 구원의 수단으로서가 아닌, 선용적 이지로 접근해야 한다는 뜻이 내포되어 있다. 마찬가지로 자신의 창조물을 심판하겠다는 신의 공언도 타산과 이기를 쫓고 천국만 서원하는 인간들에 대한 꾸짖음인 것이다.

# 4

오후 4시 40분, 대화행 전동차는 출입문을 활짝 열어둔 채 승차장에 정차해 있었다. 출발지가 전 역인데다 이용 승객들이 많지 않은 시간대여서 혼자 타 객차 한 칸을 전용하는 억지 호사를 누릴 때가 가끔 있다. 전동차는 삼송역에서 얼마간 머물다가 시간에 맞춰 출발할 것이다. 빈 객차인 줄 알았는데 출입문 안쪽에 나보다 앞서 한 승객이 타고 있는 것이 눈에 띄었다. 중년의 여성이었다. 텅 빈 차간에 둘만 오롯이 있는 것이 어색해 다른 칸으로 갈까 하다가 그냥 타기로 했다. 여성 승객과는 좀 떨어진 저편 출입문 쪽에 자리를 잡았다. 여인은 무릎에 놓인 숄더백을 받침삼아 상품 리플릿 같은 것을 펼쳐 보고 있었다. 내 존재에 대해 무관심한 눈치다. 대략 오십대로 보이는 여인은 검정 플리츠 스커트에 흰색 블라우스, 미색 베스트를 받쳐 입었고 목선이 드러난 단발머리에 희고 둥근 얼굴을 하고 있었다. 단아하고 깔끔한 인상이다. 그런데 어디선가 본 듯 했다. 그러고 보니 사나흘 전, 걸인에게 편지봉투를 건네던 의문의 여인 같았다. 입구 쪽 계단에서 우연히 목격한 것이지만 세련된 자태의 웬 여인이 돈이 든 걸로 짐작되는 봉투를 걸인에게 주고자 하였고 걸인은 받지 않겠다는 듯이 한사코 거부하는 광경이었다. 오가는 사람들이 구경거리라도 난 양 하나 둘 모여들자 그때서야 걸인이 마지못한 듯 봉투를 받음으로써 실랑이는 일단락되었으나 그 볼거리는 나를 포함한 여러 목격자들의 호기심을 유발하기에 충분했다. 세련된 자태의 여인과 지하철 계단에서 술에 취해 비실대는 걸인 남자가 무슨 연유에서인지 얼려 다툼하듯이 했으니 말이다. 두 남녀의 언동에서 받은 느낌으론 여인이 걸인의 누이 같기도 하고 달리는 부인일지 모른다는 여지도 없지 않았으나 어느 쪽이라고 단정 짓기는 어려운 노릇이었다. 단지 예사로운 사이가 아닐 거라는 심증과 설마 부인은 아닐 테지 하는 미심쩍음을 지녔었는데……. 그 여인을 다시 보게 되다니.

눈길을 끄는 것이 있었다. 여인의 가슴께에 내걸린 비취 펜던트이었다. 물고기 세 마리가 원을 그리듯 시계 방향으로 서로 꼬리를 물고 있는 형태인데 흔하게 볼 수 있는 펜던트가 아니었다. 짙은 녹색의 비취에 섬세하게 양각된 세공이 뛰어난데다 물고기 눈을 붉은 루비로 장식한, 이채롭고 고급스런 조형이 펜던트를 특별하게 보이게 하는 요소였다. 불현듯 한 소녀에 대한 옛 기억이 떠올랐다. 마치 퇴락한 고향집 뒤뜰에 외로이 서서 서산에 기우는 황금빛 노을을 바라볼 때처럼 서글프기도 하고 한편은 황홀하기도 한 그런 심정이었다. 갓 중학생이 된 내가 광산촌에서 도장 새기는 일을 하면서 홀로 사는 아버지를 찾아 간 날, 도장포에 불쑥 나타난 한 소녀와 마주쳤다. "얘가 아저씨가 말씀하시던 아드님이세요?" 또박또박하고 상냥하기조차 한 음성과 살짝 짓궂은 표정으로 나를 쳐다보던 그 발랄한 모습에 나는 그만 푸른 하늘에 혹한 오월의 구름처럼 소녀에게 매료되고 말았다. 소녀는 어둡고 곤고한 공간에 날아든 아려하고 신이한 봄나비 같았다. 소녀는 길 건너편 이층집에 사는 부유한 광산주 딸이었다. 내 또래인 소녀는 형형색색의 영롱한 도장재를 탐내 도장포에 온다고 했다. 소녀는 앙증맞고 예쁜 도장을 여러 개 갖고 있었음에도 호기심에 반짝이는 눈초리로 도장포를 드나들어 진작 아버지의 환대와 귀여움을 받는 아이이기도 하였다.

첫 대면 후 우린 곧잘 어울렸고, 서로에게 끌려 함께 있는 것만으로도 한없이 좋고 즐거운, 때론 한숨과 안타까움으로 밤을 지새우

게 하는 연인 사이가 되었다. 40여 년 전의 일이니 이제는 까마득한 옛날이라고 할 수 있었다.

그해 여름, 출렁다리가 있는 앞산 개울가에서 뒤쳐져 온 소녀와 만났을 때 소녀는 물고기 세 마리가 양각된 비취 펜던트를 하고 있었다. 체크무늬 플레어 원피스에 비취 펜던트를 한 모습이 보기 좋아 '예쁘게 잘 어울린다.'고 했더니 소녀는 방긋 웃는 얼굴로 기쁜 기색을 보였고, 그 이래로 비취 펜던트를 종종 하고 나와 '예쁘냐.' 고 물어 보곤 하였다. 비취 펜던트는 소녀가 어릴 적 세상을 떠난 소녀의 어머니 것이었다. 아침의 즐거움은 저녁의 불행을 예시하는 것이라고 했던가. 환희로 들뜨던 그 무지갯빛 나날도 오래지 않아 끝이 나고 말았다. 소녀가 이듬해 서울에 있는 학교로 전학을 갔기 때문이었다. 가슴이 허물어지는 이별의 슬픔을 안으로 삭여야 하는 나는 소녀를 못내 그리워하며 외로움과 우수에 잠겨 살았다. 그리고 세월이 흘렀다.

전동차가 어둠을 벗어나 수목과 건물들이 차창 너머로 보이는 환한 바깥으로 나왔다. 정차 역명을 알리는 안내 방송이 있은 후 전동차는 속도를 줄이며 역내로 진입했다. 나의 목적지인 원당역이었다. 전동차가 멎자 문이 열렸고 나는 반사적으로 객차에서 내렸다. 전동차가 다음 역을 향해 움직일 때쯤 나는 그제야 뒤늦은 후회감에 휩싸였다. 삼송역에서 원당역까진 청춘 남녀가 객차 내에서 섹

스를 할 만큼의 7분여가 소요되는 짧지 않은 시간 동안, '황지에서 산 적이 있느냐'는 그 한 마디 말조차도 붙이지 않아 중년의 여인이 그때 그 소녀인가를 확인할 수 있는 기회를 놓쳤기 때문이었다. 소녀의 왼 눈썹 가운데에 점이 있어서 그 점이 있는가를 살펴보지 못한 것도 못내 아쉬웠다. 낯선 여인에게 말을 붙인다는 건 쉽게 내키지 않은 일이고 상대에게 불쾌감을 줄 수 있는 일일 터이다. 하지만 한때 내 삶의 전부였던 그 소녀에게 기울인 열정과 애상의 깊이를 생각한다면 그러한 이유는 사소하리라. 나는 나의 첫사랑일지 모를 여인을 그렇게 떠나보내고 말았다. 전동차가 나의 시야에서 사라진 지 한참이 되었지만 나는 역두에서 마냥 서성였다.

# 5

밤늦은 시간, 지하철에서 내려 출구가 있는 계단을 걸어 오르는 중이었다. 계단 벽면에 부착된 전기 배전반에 사람의 얼굴 같은 형상이 힐끗 비쳤다. 무심결이어서 헛것을 봤나 생각을 하면서도 걸음을 멈춘 채 전기 배전반을 새삼스럽게 쳐다보았다. 지나치면서 예사롭게 보아 온 배전반이었지만 배전반 아래가 걸인의 앉은자리였다는 사실을 상기하자 무슨 일이 일어나지 않을까 하는 기대감마저 생겼다. 캐비닛 모양의 희끄무레한 철제 배전반, 한동안 줄곧 바라보았어도 이렇다 할 변화는 물론, 표면에 투영되는 어떤 윤곽이나 형상조차도 발견할 수가 없었다. 계단참에 우두커니 서서 배전반을 주시하며 무언가의 발현을 고대하는 내 자신이 어처구니없다고 여기면서도 미진한 마음에서 쉽게 발을 뗄 수가 없었다. 그나마 통행인이 없어 우치심(愚痴心)이 덜했다. 얼마를 더 지켜보고 있었을까. 전동차가 역으로 들어오는지 차임벨 소리가 희미하게 났고, 곧 둔중한 구동음과 함께 아래쪽에서 불어 온 한 가닥의 바람이 전신을 흩듯이 스쳐 갔다. 그때였다. 누가 곁에서 속삭이는 듯한 나지막한 음성이 내 귀에 들렸다. "여보시오 선생! 나를 알아보시겠소?" 은근하면서도 명료한, 귀에 익기까지 한 소리. 전의(專意)로 말미암은 환청인가. 그럴 리가 없었다. 앞서 경험한 현상이 의식 속에 엄존해 징조로 단정했다. 판단이 옳았다. 연이어서, 시선이 향해 있는 배전반이 부지불식간에 창으로 화한 미시감에서 당혹스러워 할 겨를도 없이 사람의 형상이 창을 통해 나타났다. 걸인이었다. 얼굴만이 달랑한, 괴기하거나 두렵다는 느낌은 들지 않았다. 무시로 보는 상대를 대하는 것처럼 심경이 담담했다. 눈웃음을 지어 알은척하는 여유까지 부렸다. 그건 내 마음이 긴장과는 거리가 먼, 평온하다는 것을 상대방에게 알리는 신호이기도 했다. 늦은 밤, 걸인과의 조우는 그렇듯 현실과 초현실의 경계에서 이루어졌다.

한층 선연한 얼굴의 그가 다시 말을 했다.

"나는 이쪽 세계에 있어요. 그쪽에서 보면 저쪽 세상일 테지만 암튼 나는 잘 있어요. 선생도 별고 없으시지요?" 나는 잠자코 고개를 끄덕였다. "내가 계단에서 자취를 감췄을 때 선생은 나의 근황에 대해 궁금하지 않으셨나요?" 나는 대답하지 않았다. 마음속으로 '궁금하다마다겠어요. 귀하의 모습을 볼 수 없어 한동안 서운하기까지 했는데' 내 마음이 일군 속내를 그가 간파했는지 그의 얼굴에 빙그레 미소가 떠올랐다. 그 미소도 잠시 그의 표정이 본래로 돌아갔다. 그리고 새삼 주의 깊게 나를 쳐다 보더니 말을 이어 갔다. 사소하지 않으니 귀담아 들으라는 뜻인지는 몰라도 인사치레할 때의 부드러운 분위기완 사뭇 다른 엄숙한 기색이 은연중에 엿보였다. 어조만은 여전히 나직해 잔잔한 낭송처럼 들리는 가운데서도 그가 하는 얘기는 의미심장했다.

"나는 밤에 잠자기 전 늘 한 가지 생각을 해요. 언젠가는 밝고 환한 아침을 맞이할 수 없다고……. 내 자신이 숨을 멎는 게 아니라 해가 떠오르지 않을 수도 있다는 뜻이에요. 즉 암흑의 세상이 된다는 거지요. 이쪽으로 오기 전, 그러니까 내가 계단에서 없어지기 하루 전날이었어요. 잠을 자는 도중, 꿈인지 계시인지, 나는 계시라고 믿고 싶어요. 현재 내가 있는 벽 저편에서 또렷하고 위엄이 깃든 음성이 들려 왔어요. '이제 태양은 떠오르지 않는다. 아침 태양을 더 이상 볼 수 없을 것이다. 네가 있는 세상은 곧 영원한 밤의 세상이 된다.' 그 소리를 듣는 순간 나는 비몽사몽간에서 완전 깨어났고 그리고 생각해 봤어요. 터무니없다는 생각은 추호도 들지 않았어요. 어떻게 해야 할까를 생각하다가 종내 남이 이런 낌새를 알아챌세라 한시 바삐 화정에 있는 대형 마트에 가서 먹을 것과 생필품을 마련해야겠다고 결심을 했어요. 남보다 얼마간 더 살고 싶은 내 욕심이 어리석었나요? 어둠에 잠긴 세상. 인적이 끊긴 고적한 대로변과 주택가를 혼자 돌아 다녀 보는 것은 가슴 뛰는, 꽤나 흥분되는 일이잖아요. 화정은 지하 철길로 해서 걸으면 두세 시간이면 당도할 수 있어요. 동네 마트도 있지만 굳이 화정으로 가고자 한 것은 추위에 대비한 방한복을 구하는 것과, 수년간 맛보지 못한 생선회를 먹을 심사에서였습니다. 서둘러서 지하 철로에 들어갔어요. 지하철이 운행 중인지, 밤인지 낮인지, 몇 시인지는 개의치 않았고 전혀 신경을 쓰지 않았어요. 오직 화정을 목표로 지하 철길을 걸었어요. 영원한 암흑의 세상이 됐을 때를 대비한 나름의 계획을 구상하면서 말입니다."

걸인의 얘기를 듣고 보니 기억나는 것이 있었다. 걸인이 보이지 않던 한 이십 일 전쯤인가 3호선인 삼송역과 원당역 사이의 철로에서 신원미상의 한 남자가 전동차에 치어 숨겼다는 소식이 TV 뉴스에 나왔다는 것을……

"참, 그리고 보니 언제가 내가 선생께 얘기한 적이 있지요. 나는 인연과 변화를 기다리며 시간을 소진하고 있다고."

내가 잠시 생각하는 사이 걸인이 무슨 의도에서인지 철로를 걷던 얘기를 하다말고 말을 돌렸다. 그는 나의 떠오른 기억까지도 감지하는 능력을 지녔는지, 아니면 자신의 사라짐과 관련된 그 부분을 더 이상 언급하고 싶지 않아서인지는 전적으로 그만이 아는 일이고 속사정일 것이다.

"그 인연이라고 하는 것은 젊은 시절 헤어진 아내를 꼭 한 번 봤으면 하는 염원에 다름 아닙니다. 선생과도 한때 인연이 있었을 터이지만 암튼 나와 헤어진 후 미국에 정착했다는 소식을 오래전에 들어서 불가능하게 여겼습니다만, 염원이 이루어졌을 뿐만 아니라 이쪽 세상으로 오기 직전에 만났으니 행운이었다고 말할 수 있습니다. 변화는 별 게 아닙니다. 선생이 있는 그쪽 세상에서 내가 현재와 있는 세상으로의 이동을 뜻하는 것입니다. 그건 선생께서도 직접 보셨겠지만 이쪽 세상의 메신저가 내게 통지한 때문에서입니다."

그럼 지난 번 보았던 쌍둥이 여인들이 저쪽 세상의 메신저였다는 건가. 그때 쌍둥이 여인들에게서 나온 백지의 의미를 알고자 그토록 머리를 싸맸는데…….

"사실 난 그때 저쪽 세상에서 온 메신저의 통지를 받고 몹시 불쾌했어요. 내가 헤어진 아내를 보고자 하는 염원에서 좀 더 기다려 달라고 사전 양해를 구했음에도 저쪽 세상에서 일방적으로 통지를 해왔으니 기분이 나쁜 건 당연하지 않겠어요. 이동을 목전에 두고 정말 기적처럼 아내를 보게 된 게 지금 생각해도 얼마나 다행인지 모릅니다. 나는 그쪽 세상에 있을 때나 이쪽 세상에 와서까지도 그녀를 잊지 못하고 있습니다. 남녀간의 인연이 이토록 끈질길 줄은 예전에 미처 몰랐습니다. 나같이 못난 사내가 또 있을까요."

나는 걸인의 얘기를 들어야 할 필요성이 없어졌다. 걸인 자신의 얘기를 내가 들은들 내게 무슨 소용이 있겠느냐는 자각에서였다. 게다가 세상은 온갖 인연의 연속인데 걸인이 그토록 한 인연에 끄달려 연연해 하는 것도 실망스러웠다. 이쯤에서 걸인에 대해 품었던 환상이나 느낌, 기억까지도 지워야겠다고 내심 다짐했다. 내 의지가 걸음을 떼게 했다. 나는 밖으로 나왔다. 걸인과의 재회는 혼란스러움 그 자체였지만 운명은 인연의 전환이라는 것을 생각하니 마음이 한결 가벼웠다. 그럼에도 왠지 어둡고 쓸쓸하다. '이건 음울한 아말리아(포르투갈 파두 가수)의 말디카오(어두운 숙명)가 아닌, 그냥 흔한 운명인데도 말이다.' 별과 달이 보이지 않는 컴컴한 하늘이 오늘 밤따라 더욱 적요하다.

# 이스파한의 장미

# 이스파한의 장미

*1*

창고 한편에 방치된 나무 상자의 뚜껑을 열었을 때 적이 놀랐다. 어미 쥐가 앙증스런 새끼 쥐들을 포육하고 있는 광경을 보았기 때문이다. 상자 안은 쓰다 남은 볼트나 노즐 등의 잡동사니가 찢긴 마대자루와 뒤섞여 흐트러져 있었는데 구석 틈새에 그들 쥐 가족이 보금자리를 꾸민 것이다. 새끼 쥐는 모두 세 마리였다. 갓 태어난 듯 말갛고 민숭한 피부를 갖고서 어미 품에서 꼬물거리고 있었다. 봐서 안 될 것이라도 본 양 나는 멈칫한 시선을 거두고 가만히 뚜껑을 덮었다.

한 면을 점유한 낮은 산을 제외하곤 삼면이 텅 비어 있다. 끝 간데 모를 지평선이 언제나처럼 하늘과 맞붙어 먼 거리에서 아물거리고 풀인지 나무인지 모를 가시 돋친 억센 식물만 간혹 눈에 띈다. 그것도 아무렇게나 가지를 뻗친 회갈색이어서 삭막한 대지와 조화를 이룬다.

먹을거리가 전혀 없는 황량한 이곳에 어떻게 쥐가 찾아 들었을까 생각하다가 점심 도시락을 둔 창고로 걸음을 옮겼다. 도시락은 식당에서 각자가 찬합처럼 생긴 양은 용기에 필요한 양만큼 음식을 담아 출근길에 휴대한다. 두 개의 용기가 일습인 도시락은 둥근 형태이며 손잡이가 달려 있다. 하나는 밥이나 빵을, 다른 하나에는 통상 김치나 고기볶음 등의 반찬을 담는다. 양식을 선호하는 사람들은 대개 빵이나 치즈 햄 등을 가져오고 나 같은 사람은 밥과 김치, 계란찜을 도시락에 담는다. 계란찜은 말이 계란찜이지 푼 계란을 끓는 물에 넣어 익힌 것이어서 푸석거릴 뿐 별 맛이 없다. 그나마 입에 맞는 반찬거리가 별반 없는 탓에 상식하다시피 한다.

합판과 폐자재 등으로 지은 간이 창고가 이곳 일꾼들의 거점이라고 할 수 있다. 작업에 필요한 연장이나 소모재 등을 넣어 두고 아침 출근 때 가져온 도시락을 보관하는 곳이기도 하다. '스몰 라인'으로 불리는 현장 일꾼들의 집합처인 셈이다. 하루 세 번은 반드시 이곳에서 우리는 만남과 헤어짐을 되풀이한다. 출·퇴근시와 점심

식사 때이다. 물론 한 대가리 게이트를 통과한 사람이면 누구든지 이곳에 걸음할 수 있다. 가끔 더위를 식히라며 얼음을 띄운 오렌지 주스가 배달되는 날엔 이웃한 현장 사람들도 이곳에 모여들어 북새통을 이룬다. 그도 그럴 것이 국내에서는 좀처럼 맛보기 어려운 주스이기도 하려니와 원액을 물에 희석시킨 달고 찬 과즙 맛이 그만이어서 모두는 너나없이 양껏 마신다. 둘레가 드럼통 두 배쯤 되는 대형 알루미늄 통에 가득 주스를 담아 와도 남은 적이 없다. 크고 각진 얼음덩어리가 빙상처럼 둥둥 뜬 풍요의 오렌지주스를 대할라치면 진동하는 향기와 시각만으로도 싱그러움에 취할 정도다. 주스는 식당 트럭으로 실어 오는데 사람들은 주스를 실은 차를 용케 알아본다. 오후 3시 무렵 한 대가리 게이트를 통과한 트럭이 먼지를 풀풀 날리며 이곳으로 올 양이면 분명 주스 배달차 외에는 없다고 여기기 때문이다.

점심시간이 되기까진 아직 시간여가 남았다. 찾아 들거나 행보하는 사람의 모습은 볼 수 없다. 저편 업 사이드 현장에서 들려오는 해머로 철판을 쳐대는 소리가 이곳까지 전해진다. 아마도 주변에 깃든 정적 때문이리라.

창고 선반 위에 놓인 여러 도시락 가운데 끝머리에 놓인 내 도시락을 집어 들었다. 많은 도시락이 여기저기 놓여 있어도 뒤섞일 염려는 없다. 항시 놓아 두는 곳에 두거나 식별하기 쉽도록 나름의 표식을 해 두기 때문이다. 가령 무엇인가를 도시락에 올려놓기도 하고 비닐이나 종이 같은 것으로 싸서 두기도 한다. 도시락이 바뀐들 크게 문제될 것이 없다 하겠다. 한 식당에서 조리된 동일한 음식물이라서 기를 쓰고 찾을 필요가 없기 때문일 것이다.

　도시락에서 밥과 계란찜을 덜어 종이에다 담았다. 그것만으로는 부족한 것 같아서 옆에 있는 남의 도시락을 열어 약간의 햄과 고기를 추렴하듯 보탰다. 도시락 주인이 나와 함께 일하는 용접공 안병용이 아닌가 했다. 점심을 같이 먹다보니 도시락도 같은 곳에 두기 때문에 알음으로 하는 짐작이다. 안병용은 내게 있어서 성가신 존재라고 할 수 있다. 지금 내가 창고에 온 이유도 그가 한사코 3.2 미리 셀로로이즈 용접봉을 구해 오라는 성화에 의해서다. 고압 파이프가 아닌 일반 노즐이나 드레인을 용접하는 데 있어서 굳이 백 비드용 셀로로이즈 용접봉이 필요 없는데도 말이다. 그와 다투기 싫어 용접봉을 구하러 창고에 오긴 했어도 그가 원하는 셀로로이즈 용접봉은 눈에 띄지 않는다. 암만해도 안병용의 속셈이 6GR이라는 자격증을 따고자 그 용접봉을 필요로 하는 것 같다. 그 셀로로이즈 용접봉으로 백 비드를 낼 수 있도록 연습하기 위함일 것이다. 연습은 일과 시간 중에 암암리 할 테고 요행 6GR 자격만 취득한다면 여기보다 오버 타임이 많아 돈벌이가 한결 좋은 업 사이드 현장으로 갈 수 있다는 기대 때문일 것이다.

안병용은 나보다 네 살 적은 이십 대 중반의 충청도 사람이다. 충청도 사람들은 대개 언행이 진중하다고 하는데 이 친구는 그렇지 않다. 용접 실력은 별로인데도 노가다 경력은 되게 오랜 양 뻥을 치기 일쑤이고 언사가 가볍고 나서길 좋아한다. 게다가 여자를 지나치게 밝히는지 출국을 앞두고 사창가를 전전하다 종내 성병이 옮아 이곳 이란에 와서 한동안 치료를 받기까지 하였다. 언제부터인가 도시락에 수북이 고기를 담아 오는 것을 보면 병이 다 나은 것 같기도 하지만 말이다.

잡동사니가 든 나무 상자에 돌아와 재차 뚜껑을 열었다. 어미 쥐와 새끼 쥐들이 여전히 그곳에 있었다.준비한 먹을거리와 물까지 곁들여 조심스럽게 맞은편 구석에 놓았다. 안 보는 척 하면서 곁눈질해 보니 줄곧 나의 동태를 주시하던 어미 쥐가 사뭇 불안한지 새끼들을 끌어안는 시늉을 한다. 새끼들 때문에 도망도 갈 수 없는 처지인 것 같아 그만 뚜껑을 닫아야겠다고 생각했다. 순간 부스럭거리는 소리와 함께 어미 쥐가 크게 동작했다. 반사적으로 눈길이 쏠

렸다. 어미 쥐는 나에게 무언의 시위를 하듯 앞발을 세우거나 이리
저리 움직인다. 그러다 움직임을 멈추고 대담하리만치 나를 빤히
주시하는 거였다. 나도 피하지 않고 마주 쳐다보았다. 귀엽게 생긴
쥐였다. 또랑한 눈이 왠지 선하게 느껴지기조차 한다. 쥐에게 이런
특별한 감정을 갖기는 처음이었다. 스산한 주위 풍경이나 이국 생
활의 외로움에서 오는 애잔한 감흥일 테지만 무슨 사연이 있을 법
한 쥐라는 생각이 머리를 스쳤다. 뚜껑을 닫은 뒤 한동안은 살 수
있을 거라면서 스스로 자위하며 동료들이 있는 곳으로 향했다.


한 대가리 게이트의 원 명칭은 이스트 게이트이다. 현장 진입로
에 가설된 일종의 통문이라고 할 수 있었다. 문을 지키는 근무자를
우리는 게이트 키퍼라고 부르는데 게이트 키퍼는 공사 현장을 드나
드는 외부인이나 차량을 통제하는 일을 한다. 그러나 현장 일꾼들
의 출·퇴근 상황을 점검하며 시간 계시기를 운용하는 것이 주된
업무라고 할 수 있다. 일꾼들은 출·퇴근시 이 문을 지날 때마다 소
지한 타임카드를 계시기에 체킹을 하여야 한다. 이는 근태표와 유
사한 것으로서 '한 대가리'라는 의미가 이 타임카드에서 유래하였
다. 즉 몸이 몹시 아플지라도 타임카드를 찍고 이 문(게이트)을 통
과하기만 하면 하루 일당(한 대가리)을 번다 해서 빗대어 부르는 말

이기 때문이다. 문을 지키는 사람들은 통상 두 사람이지만 한국인은 없다. 현장 전체에 이런 문이 하나 더 있긴 해도 한국인 일꾼들이 거주하는 캠프(숙소)에서 현장으로 가려면 오로지 이 한 대가리 게이트를 통과해야만 하였다. 캠프가 철조망에 둘러쳐져 폐쇄되어 있는 까닭에서이다.

내가 일하는 현장은 이란 국영석유회사가 시행사로 되어 있는 이스파한 근교 발레이시카에 건설 중인 정유공장이다. 시공사는 석유 붐을 타고 중동 여러 나라에 건설 프로젝트를 수행중인 미국계 건설사인 '후로아'인데, 나를 비롯한 6백여 동료 일꾼들은 국내 건설사의 인력 송출을 통해 이곳으로 오게 되었다. 이런 인력 송출을 가리켜 속칭 '인부다시'니 '맨 파워'니 하고 부르기도 한다. 해외에 진출한 국내 건설사들이 대개 그렇듯 자금과 기술이 미약하기 때문에 외국 건설사에 인력 공여를 통한 하청밖에 할 수 없는 실정이었다. 이런 연유로 나와 동료들은 원청사인 후로아와 하청사인 D산업에 이중으로 소속되어 있기도 하다.

내 숙소에서 한 대가리 게이트는 얼마 떨어지지 않았다. 문을 지키는 사람을 식별할 정도이니 가까운 거리라고 할 수 있다. 식당도 지척이어서 내 숙소는 발품을 던다는 점에서 편의와 이점을 지니고 있었다. 6개월 전 이곳 현장에 선착한 덕에 누리는 혜택이라고 말할 수 있다.

식당은 종종 영화관으로 사용되기도 한다. 상영되는 영화는 대개 애정물이며 그것도 선정적인 외국영화가 주류이다. 식당 앞 게시판에 영화 상영을 알리는 공고문이 붙은 걸 보니 오늘 밤에도 영화 상영이 있을 모양이다. 지난번 〈살레리나로 가는 길에 생긴 일〉이라는 영화처럼 남녀간의 성행위 묘사가 좀 더 노골적인 영화였으면 좋겠다는 은근한 기대를 가져본다. 영화 내용은 노출 위주의 자극적 장면이 많았는데, 눈요기로나마 이성에 대한 욕구를 해소하라는 회사 측의 배려일 수 있다. 사실 이곳 현지에서도 성매매가 이루어진다. 멀리는 테헤란에 공창이 있는가 하면, 밤 이슥한 시간이면 캠프를 찾아오는 '모포부대'가 있기 때문이다. 모포부대란, 우리 일꾼들 사이에 통용되는 별칭으로서 주말이나 영화 상영이 있는 날이면 으레 나타나는 원정 매춘부들을 가리키는 말이다. 포주격인 남자와 몇 명의 여성들로 구성된 이들은 캠프 가까이 접근해 타고 온 자동차의 경적이나 불빛으로 자신들의 출현을 알려 호객을 하는 것이다.

매춘은 그야말로 넓은 사막 한가운데서 이루어진다. 얼굴도 제대로 볼 수 없는 어둠 속에서 흥정이 끝나면 그 자리에 모포가 펴지고 매춘녀는 자신을 상대할 남자에게 몸을 맡기는 것이다. 경험자인 안병용의 얘기론, 모두가 나이 든 여성이라는 것과 몸집이 뚱뚱해서 그런지 구멍마저 헐거워 하고 나면 돈이 아깝다는 거였다. 오늘밤의 영화도 남녀간의 성애를 다룬 내용이라면 모포부대와 성매매를 하기 위해서 철조망을 빠져 나가는 동료들이 꽤 되리라. 그중에는 영 밥맛인 안병용도 히죽대며 끼어 있을 테고.


게이트 키퍼 중에 크라슨 사야디안이라는 이가 있다. 서양인처럼 피부가 희고 눈매가 서늘한 아르메니아 청년이었다. 이목구비가 흡사 희랍의 조각상을 연상하리만치 잘생긴 사람이기도 했다. 그는 잘생긴 얼굴만큼이나 인간성도 좋아서 나는 일과 후 가끔 그가 근무하는 한 대가리 게이트에 가곤 하였다. 물론 그도 나의 숙소에 놀러오곤 한다. 크라슨을 알게 된 것이 그가 즐겨 다루는 기타처럼 생긴 '타르'라는 아르메니아 악기 때문이었다. 이곳 발레이시카 현장에 일한 지 한 달쯤 되는 어느 날 저녁, 가족에 대한 그리움으로 울적해져 있을 때였다. 어디선가에서 가슴에 젖어드는 현악기 연주음이 들려왔다. 가만히 들어보니 귀에 익은 〈예스터데이〉, 〈서머 와인〉 등의 팝송 멜로디였고 이어 곡명 미상의 애상적 선율이 어둑한 공간을 뚫고 내게 전해졌다. 어디서 나는 소리인가 싶어 창을 열고 살펴보았다. 소리의 진원지는 한 대가리 게이트였다. 어둠이 깔리는 초저녁, 일찍 점등한 불빛 속에서 근무자인 듯한 사람이 악기를 뜯으며 노래하고 있는 광경을 볼 수 있었다. 그가 크라슨이었다. 얼마간 지켜보다 나는 음악소리에 이끌려 그곳에 걸음하게 되었다.

그는 내가 평소 허투루 보던 게이트 근무자였지만 그날 저녁만큼은 사람이 달라 보였다. 타르를 뜯으며 나직이 노래하는 모습이 게이트 키퍼로선 아깝다는 생각이 들 정도로 그에게 매료되었기 때문이다. 그와 나는 그날의 타르 연주가 인연이 되어 형과 동생처럼 가깝게 지내는 사이가 되었다. 크라슨에게는 타르 연주 외에도 사람을 끄는 매력이 또 있었다. 그가 지닌 겸양과 소탈, 예의 바름이다. 그리고 스물네 살의 젊은이답지 않은 소연함이 그에게 있었다. 소연함은 조국을 등지고 이곳저곳을 떠도는 유랑민에게서 묻어나는 우수나 고달픔일 수도 있다.

그와 내가 만나서 주고받는 대화는 대개 일과 결부된 일상적 내용이었는데 가끔 신변 내력에 대해서도 서로 얘기하는 편이었다. 크라슨은 어릴 적 공산 정권의 박해를 피해 부모 형제를 위시한 몇몇 친척과 더불어 아르메니아를 떠나 왔다는 것과, 음유시인으로 추앙받는 사야트 노바크를 선조로 둔 귀족 출신이라는 점을 내게 밝힌 적이 있다. 그러나 가족에 대한 구체적 언급은 피하는 눈치였다. 이곳 발레이시카에 단신으로 와 있음을 알고 결혼 여부를 물었을 때, 그는 애매모호한 미소를 띨 뿐 대답하지 않았다. 독신으로 짐작되나 사귀는 여성은 있는 것 같았다. 어느 때인가 차를 타고 가다 카조우 다리가 있는 저얀데 강변에서 청바지를 입은 묘령의 여성과 함께 있는 것을 우연찮게 본 까닭에서이다.

영화가 끝난 뒤 곧장 잠자리에 들었다. 내일이 휴일이지만 특근을 하러 갈 욕심에서였다. 그렇지만 쉽게 잠 들 수 없었다. 여덟 명이 함께 쓰는 침소는 여기저기 빈 침대로 말미암아 썰렁하기조차 하다. 방 동료들이 부재한 탓이다. 캠프 내나 혹은 이스파한 시내에서 끼리끼리 얼려 나름의 시간을 갖고 있으리라. 잠들 수 없는 건 영화로 인한 여흥 때문이 아니었다. 근간 들어 사람들 입에 부쩍 오르내리는 캠프 폐쇄 내지 현장 철수라는 뒤숭숭한 소문 때문이다. 이슬람 원리주의자인 아야튤라 호메이니가 이끄는 반정부 시위대가 현 이란의 통치자인 레자 팔레비 국왕을 축출하기 위해 나라 곳곳에서 시위를 벌이는데 이곳 이스파한도 예외가 아닐 것이라는 추측에서이다. 특히 미국을 극히 싫어하는 호메이니가 미국계 회사가 시공 중인 이곳 정유공장을 놔둘 리 만무하다. 소규모이지만 얼마

전 이스파한에서 반정부 시위가 일어났을 때 '미 제국주의를 물리치자'는 구호가 이를 뒷받침하지 않는가. 중도 귀국이라는 최악의 경우만은 피하고 싶었다. 물론 중도 귀국해도 어쩔 수 없지 않느냐는 생각도 가져본다. 설마 젊은 놈이 무엇인들 못하랴, 는 호기에다 가족에 대한 향수 때문이다. 그러나 두 살배기 딸과 속 깊고 조리차한 아내에게 돈을 벌어 집을 장만하겠다는 약속만은 정녕 지키고 싶었다.

잠을 청하고자 다른 생각을 하기로 했다. 저녁나절에 본 영화의 장면을 떠올렸다. 그것도 남녀간의 짙은 성애 장면이다. 아래가 서서히 꿈틀된다. 하고 싶다는 강한 충동과 함께 아내의 허연 엉덩이와 체모에 가려진 두둑이 눈에 삼삼하다. 손으로 팽배해진 음경을 어르며 열쩍은 욕구를 가만한 한숨으로 삭힌다.

## 2

하늘이 더없이 높고 푸르다. 간간이 시원한 바람까지 인다. 화창하지만 덥지 않은 전형적인 가을 날씨다.

동구쪽에 은근히 신경을 쓰고 있던 모알 하사이는 안락의자에서 일어나 거실을 나선다. 마당에 나오니 바람결에 떠도는 음식 냄새와 함께 부엌이 있는 뒤뜰이 자못 시끌하다. 잔치 음식을 만드느라고 아낙네들이 일구는 부산스러움 때문이다. 마당 한쪽에서 모알 사케를 비롯한 몇몇 인척과 차일을 치던 막내딸 세디게네가 대문을 향하는 하사이에게 환하게 미소 짓는다. 아버지인 하사이도 딸을 보곤 슬멋한 웃음으로 응대한다. 대문을 나서며 하사이는 잠시 막내딸을 생각한다. 고교 졸업 후 테헤란에 있는 여자대학에 진학하려는 딸을 처제가 운영하는 수예점에 취직시킨 것이 못내 마음을 편치 않게 하는 점이다. 정작 하사이 자신은 부친 덕에 테헤란에 있는 대학을 다니지 않았는가. 딸만 넷인, 그것도 사십을 훌쩍 넘겨 얻은 귀엽고 효성스런 딸. 딸 셋 모두를 출가시킨, 늘그막의 허전함을 달래기 위해 하나 남은 막내딸을 곁에 두고자 한 아비의 마음을 세디게네가 알까. 지금 세디게네가 스무 살. 내년에 세디게네가 원한다면 대학에 보내야겠다는 너그러운 다짐을 해본다.

하사이가 걸음한 곳은 동네 어귀에 있는 도로변이다. 오후 내내 고대하던 사람들을 마중하기 위해서였다. 혹여 하는 심사에서 벌써 여러 차례 와봤지만 해 그림자가 길어진 지금까지 허탕이다. 그러나 낙심은 하지 않는다. 약속을 저버리지 않으리라는 믿음, 즉 오리라는 확신 때문이다. 하사이가 기다리는 사람들은 다름 아닌 일단의 아르메니아인들이다. 이들은 가족 내지 친, 인척으로 구성된 유랑자들로써, 노래나 악기 연주를 통해 사람들을 불러 모아 생필품이나 조제약을 파는 것을 업으로 한다. 때론 마을 잔치나 행사에 초청 받아 여흥을 돋우는 일도 하다 보니 내일 있을 하사이의 65세 생신 잔치에 참석이 예정된 것이다. 약속은 올봄에 있었다. 일년에 한두 차례 들리는 이들 행상이 당시 마을에 왔을 때 하사이는 가을에 있을 자신의 생일에 일행을 초청하고 싶다는 의사를 피력했고 일행의 대표자가 쾌히 응하였다.

하사이는 50여 호쯤 되는 마을의 촌장 격이다. 조상 대대로 마을에 터를 잡고 산 토박이이자 마을 제일의 부자라고 해서 누리는 지위가 아니었다. 사람이 공정하고 식견이 높다 하여 마을민들이 받드는 존숭적 위치라고 볼 수 있었다. 마을명은 '순례자의 감천'이라는 의미를 지닌 '타미 살레이즈'이지만 통상 '타미'라고 불렀다. 인근에 큰 마을인 '선 샤인'이 있는데 백토로 회칠된 집들이 햇살을 받아 하얗게 빛난다는 뜻에서 붙은 이름이다.

타미는 키 큰 종려나무나 플라타너스 같은 활엽수들에 둘러싸여 있어서 멀리서 보면 사막 가운데 있는 푸른 점을 연상케 했다. 가까이 와서야 녹지 면적도 넓고 목을 축이며 잠시 쉬어가는 구난적 오아시스가 아닌 사람들이 상주하는 규모 있는 마을임을 알게 된다. 이런 천혜적 환경은 상시 청정한 물이 흐르는 지하 인공 수로인 카 레츠 덕분이었다. 원방의 자그로스 산맥에 수원을 둔 물길이 지하 수로를 따라 마을로 흘러드는 통에 건조한 사토 지대임에도 사람이 살 수 있는 마을이 형성된 것이다. 수량 또한 풍부하여 마을민 대부 분이 수박이나 메론, 포도 등의 과실 농사를 지어 그 소득으로 살아 가리만치 물이 흔한 만큼이나 소중시되는 마을이기도 하였다. 타미 에서 가까운 도회인 이스파한까지는 대략 40km 거리이다.

등나무 의자에서 깜빡 잠이 들었던 하사이는 딸의 음성에 깨어 났다.

"아버지 왔어요! 그 사람들 말이에요. 나와 보세요."

"오냐, 알았다."

하사이는 벽에 걸린 시계를 쳐다보곤 몸을 일으켰다. 햇살이 기 웃했지만 저녁이 되긴 좀 일렀다. 밖의 작은 소리라도 탐지하고자 귀를 기울이며 옷매무새를 가다듬었다.

마을 어귀의 도로변은 현란한 음악소리와 구경차 나온 사람들로 인해 성급한 축제 분위기가 연출되고 있었다. 도로 옆에 조성된 공 터에 아르메니아인들이 타고 온 낡은 소형버스가 대어져 있고 짐이

부려지는 와중임에도 몇몇 아르메니아인들이 북과 나팔, 아코디언 등의 악기소리로 자신들의 출현을 알리고 있기 때문이었다.

하사이는 멀찍함은 거리에서 그 광경을 목격하고 얼굴이 활짝 펴졌다. 가슴에 드리웠던 답답증이 오간 데 없이 사라졌다. 마음이 가벼웠다. 종내 기분 좋은 설렘이 팔과 다리에 없던 힘까지 불끈 치솟게 했다. 쿵쿵 뛰는 심장의 박동만큼이나 걸음도 빨라졌다.

뒤미처 나타난 하사이를 보고 인사하는 사람들의 모습에서 즐거운 기대가 묻어났다. 덩달아 흥이 나는지 너나없이 들뜬 표정들이다.

하사이를 발견한 아르메니아인 중 하나가 손을 뻔쩍 쳐들더니 곧장 다가왔다. 키 큰 노인네였다. 웨이브 진 은발이 보기 좋았다. 안면이 있었다. 지난 봄 '가을 생신에 오겠노라'고 약조했던 그 사람이었다. 아르메니아인 행상 중에서 가장 연장자이며 크라슨의 백부이기도 한 '사피오'다. 두 사람은 반갑게 맞으며 서로의 뺨을 번갈아 갖다 대 만남을 기뻐했다. 그 자리에는 비단 당사자들뿐만이 아니었다. 사피오 곁에 타르 연주자이자 조카인 크라슨이 있었고 하사이 등 뒤에서 세디게네가 육촌 오빠인 사케와 나란히 서서 약속이 지켜지는 순간을 지켜봤다. 크라슨이 그 참에 세디게네에게 시선을 주며 가볍게 묵례하며 알은척을 했다. 세디게네가 얼굴을 붉히며 짐짓 눈을 내려 깔았다. 두 남녀는 서로에 대해 익히 알 정도로 구면이었다. 지난 봄 크라슨이 일행과 더불어 마을에 왔을 때 그의 눈에 띈 세디게네는 흰브라우스에 청바지 차림이었는데, 공교롭게도 오늘도 그 차림이다.

두 사람이 처음 만난 건 6개월 전이었다. 물론 크라슨이 세디게네를 안 것은 더 오래전이었다. 부정기적으로 들르던 타미에서 해맑고 예쁜 여고생인 세디게네를 본 크라슨은 한눈에 반했다. 이란 각처를 떠돌며 행상을 하는 가운데서도 언제나 마음속에 타미의 그 여학생이 자리했다. 둘이 결정적으로 가까워진 건 마을 공동 우물격인 감아정에서였다. 저녁 무렵 크라슨이 씻기 위해 우물에 왔을 때 마침 물 긷는 친구를 따라 온 세디게네와 마주쳤다. 말을 먼저 붙인 것은 뜻밖에도 세디게네였다. 사실 세디게네도 크라슨에게 특별한 감정을 갖고 있었다. 작년 초겨울인가, 물건을 팔기 위해 타르를 연주하던 크라슨이 구경차 나온 자신을 예사롭지 않게 쳐다보는 것을 알고 그와 눈길을 부딪친 후부터였다. 딱 한 번의 눈마주침이었지만 그윽하고 갈망하는 듯한, 그의 눈길을 결코 잊을 수가 없었다.

세디게네는 크라슨에게 타르 연주를 부탁했다. 크라슨이 기꺼이 응하겠다고 대답했다. 장소는 마을 끝자락에 있는 종려나무 동산이었다.

한 시간 후 크라슨은 친구와 함께 나타난 세디게네와 다시 만났다. 선선하고 고즈넉한 봄날 밤, 달빛이 푸른 잎사귀에 내려 앉아 주위는 은영한 그림자에 감싸여 있었다. 말이 필요치 않았다. 크라슨의 타르 연주는 묵언 간에 시작되었다. 클로드 치아리의 〈라 쁠라야〉가 먼저였다. 이란에서 널리 애창되는 〈춘풍〉〈사막의 연가〉 등 흥겨운 유행가도 몇 곡 연주했다. 그리고 크라슨은 끝으로 '서머 와인'과 존 바에즈가 부른 〈도나 도나〉를 타르 반주에 맞춰 나직이 노래했다. 크라슨의 노랫소리는 너무나 매혹적이었다. 특히 〈도나 도나〉의 멜로디와 어우러진 애조적 노래는 듣는 이로 하여금 가없은 영혼의 소리인 양 가슴을 저미게 하였다. 노래에 혹한 세디게네의 친구의 "아! 황홀한 이 밤이 영원했으면⋯⋯." 하는 바람만큼이나 세디게네나 크라슨에 있어서도 감미로운 시간이 아닐 수 없었다. 분위기 탓인지 사랑이 싹튼 탓인지 크라슨에게 푹 빠진 세디게네는 이틀 뒤 이스파한에서 만나자는 크라슨의 제의를 덜컥 받아들였다. 동산을 벗어나 헤어질 쯤이었다. 그 직후 크라슨은 세디게네의 손을 가만히 잡았다. 그녀는 뿌리치지 않았다. 세 사람에게 있

어서 감아정에서의 우연한 조우가 한 봄날 밤을 낭만과 행복에 흠
씬 취하게 하였다. 하지만 예외는 있었다. 동산 모퉁이 으슥한 곳에
숨어서 세 사람의 동태를 처음부터 끝까지 지켜 본 사람이 있었다.
키가 훌쩍한 사람이었다. 그의 눈에선 불꽃이 일었다.

이틀 후 시장통인 바자에서 행인들을 모아 놓고 물건을 팔던 크
라슨은 구경꾼들이 뜸한 늦저녁, 용무가 있다면서 행상에서 빠져
나왔다. 그는 온종일 세디게네와 만나는 기대에 부풀어 타르 연주
나 물건 파는 일에 반쯤 정신을 놓고 있었다. 그런 와중에 세디게네
가 와 주려나 하는 조바심에서 성자인 흐립시메에게 자신의 바람을
갈구하기도 하였다. 세디게네도 이모에게 친구를 만난다는 핑계로
수예점을 나왔다. 그렇지만 남자를 만난다는 설렘 못잖게 갈등을
겪어야만 했다. 행여 아는 이의 눈에 띌까 하는 염려와, 쉽게 만나
주면 자신이 헤픈 여자로 비칠까 하는 점 때문이었다. 세디게네는
한참을 망설이다 결국 약속 장소로 향했다.

크라슨과 세디게네는 이스파한 시내 졸박에 있는 카조우 다리에
서 재회했다. 둘만의 만남이 처음엔 쑥스럽고 서먹하였다. 세디게
네가 수줍어하는데다 크라슨 역시 설레고 기쁜 마음만 앞섰지 여성
에 대해선 숙맥과 다름없었기 때문이었다. 그러나 강변을 거니는

여느 연인들처럼 차츰 주변 분위기에 동화되어 둘만의 오롯한 시간을 가졌다. 가슴 벅찬 두 젊음이 명멸하는 야경 속에서 서로에 탐닉되어 시간을 잊고 있었다. 세디게네는 크라슨이 이스파한에서 머무는 일주일 내내 그와 영화를 보거나 자얀데 강변을 거닐며 사랑을 꽃피웠다.


# 3

사피오 일행을 맞은 하사이는 모두를 집으로 조치키로 했다. 북치는 고수가 앞장을 선 가운데 두덕(클라리넷 형태의 목관악기)연주자가 다음이었고, 나팔, 아코디언 주자가 그 뒤를 이었다. 마지막으로 짐을 들어 주는 마을민들이 악대 행렬을 따르며 자기 일처럼 벙싯거렸다. 마을 잔치와 진배없었다.

악대 행렬이 하사이 집에 당도하자 곧 때 이른 축하연이 벌어졌다. 전야제라고 해도 무방하였다. 아르메니아인들이 저마다의 악기로 솜씨를 뽐내는 바람에 집안은 온통 진동하는 음악소리로 넘쳐났다. 분위기가 단박 고조되었다. 연주에 맞춰 춤판 노래판이 벌어졌다. 뒤뜰에서 부엌일을 하던 아낙들도 뒤질세라 그동안 장만한 음식들을 속속 갖고 와 탁자 위에 풍성하게 차렸다. 누구나가 즐겨 먹는 업구쉬트(채소가 섞인 양고기 국), 코레쉬(고기와 각종 야채로 만든 범벅), 호두가루가 섞인 너네라버쉬, 카레로 양념된 닭고기 쌀밥격인 모르그 폴로와 마스(액상 요구르트) 당과류인 갸즈 등이었다. 하나같이 먹음직스러웠다. 냄새와 보는 것만으로도 식욕을 돋우기에 충분했다.

크라슨은 마치 자신이 장인 생일잔치에 온 사위라도 된 양 들뜨고 신났다. 혼신을 다해 열정적으로 라디프풍의 흥겹고 경쾌한 곡들을 연주해 하사이와 마을민들의 경탄을 자아내게 했다. 손님들의 시중을 드는 틈틈이 세디게네도 갈채를 받는 크라슨이 자랑스러운지 흐뭇한 미소를 지었다. 생일 전야의 연회는 날이 어두워지자 끝이 났다.

크라슨은 하사이가 마련한 안락한 숙소 대신 일행들이 타고 온 버스에서 밤을 보내기로 하였다. 버스 안에 있는 행상 물품을 누군가가 지켜야 했기에 그가 자청해서 그 일을 맡았다. 하지만 크라슨에게도 속내는 있었다.

밤 이슥한 시간, 아르메니아인들이 타고 온 버스로 향하는 이가 있었다. 걸음걸이가 조신한 것이 여성 같았다. 한 손에 보퉁이가 들려져 있었다. 때맞춰 차 안에서 불이 켜지며 버스 문이 열렸다. 불빛에 모습이 들어난 이는 바로 세디게네였다. 그녀가 버스 안으로 들어가자 문이 닫혔다. 곧 불도 꺼졌다.

크라슨은 세디게네를 와락 껴안았다. 그리고 그녀의 입술에 자신의 입술을 포갰다. "사랑해" "보고 싶었어"라는 말들이 거의 동시에 두 사람 입에서 흘러 나왔다. 잠시 후 버스에 불이 다시 켜졌다. 차창에 커튼이 쳐져 밖에서 안을 볼 수가 없었다. 세디게네가 보자기에 싸서 가져온 것은 맥주와 구운 양고기, 피스타치오와 약간의 말린 무화과였다. 버스에서 밤을 지새울 크라슨을 위해 세디게네가 준비한 간식이었다. 크라슨의 얼굴에 정겨운 미소가 흘러 넘쳤다. 마주 보는 세디게네도 홍조를 띄었다.

그때쯤, 발소리를 죽여 버스에 접근하는 또 다른 사람이 있었다. 키가 훌쩍 컸다. 허리를 숙여 신중한 행동거지로 버스에 가까이 가더니 곧 차체에 바짝 붙어 버스 안의 동정을 살폈다. 두 사람을 염탐하고자 하는 것 같았다. 그는 다름 아닌 세디게네의 육촌 오빠인 사케였다. 움푹한 눈과 튀어나온 광대뼈가 특징인 길쭉한 얼굴이 분노로 일그러졌다. 아마도 세디게네 뒤를 밟아 따라온 모양이었다.

날이 밝았다. 하사이의 생일이다. 오전부터 하사이 집은 일가친척과 동네 주민들은 물론 원방의 마을에서도 손님들이 찾아들어 축하객으로 북적였다. 생일 잔치는 점심 무렵을 기점으로 본격적으로 시작되었다. 아르메니아인 밴드가 연주하는 음악소리와 축하객들이 내지르는 환호소리는 동구 밖 길가까지 들릴 정도로 떠들썩했다. 잔치에 참석하지 않아도 연회의 열기를 익히 짐작할 정도였다. 그러나 그렇듯 즐겁고 요란한 축하연도 그리 오래 가지 못했다.

호사다마일까. 한창인 축하연에 찬물을 끼얹듯 느닷없이 일단의 불청객이 들이닥쳤다. 이스파한 경찰서 소속의 사복형사들이었다. 그들은 크라슨을 찾았다. 태도가 매우 고압적이고 냉엄했다. 크라슨을 찾아내자 조사할 것이 있다면서 즉각 수갑을 채우고서 연행하려 했다. 당사자인 크라슨은 물론 사피오 일행과 하사이까지 나서서 항변하고 연행을 막았지만 어쩔 도리가 없었다. 그 바람에 무르익은 잔치 분위기가 사뭇 가라앉았다. 하사이는 애써 좋은 얼굴로 아르메니아인 연주자들을 위로했다. 하지만 그 역시 마음이 편치 않고 기분이 가라앉기는 마찬가지였다. 크라슨에 대한 걱정 탓에 사피오 일행의 연주가 제대로 될 리 만무했다. 성대한 생일 잔치가 어수선해졌다.

손님들이 하나 둘씩 떠나기 시작했다. 그 와중에 하사이는 언뜻 풀죽은 표정의 세디게네를 보았다. 그 순간 사태가 단순치 않다는 느낌이 들었다. 딱히 무어라고 말할 수 없는 불길한 예감과도 같은 것이었다. 내일 이스파한 경찰서에 가봐야지 하고 다짐을 하면서 돌아가는 하객들의 손을 일일이 잡으며 배웅했다.

이튿날 하사이는 사피오와 함께 이스파한의 경찰서를 방문했다. 우선 크라슨을 면회하려 했지만 취조를 맡은 담당자에 의해 거절당했다. 조사 중이라는 이유 때문이었다. 할 수 없이 부서 책임자를 면담하려 했으나 그마저도 여의치 않았다. 나중에 크라슨을 연행한 형사들 중 한 명을 가까스로 만날 수 있었다. 그 형사에게서 크라슨이 공안사범이라서 당분간 면회가 어렵다는 말을 들을 수 있었다. 실망스런 얘기가 아닐 수 없었다. 백발이 성성한 사피오는 낙심천만인지 안색이 못내 어두웠다. 하사이는 그 형사에게 크라슨을 잘 부탁한다는 말과 함께 자신의 연락처를 적어주고 발길을 되돌렸다. 맥이 빠진 터라 걸음이 무거웠다.

10여 일 후 하사이는 사피오로부터 전화 기별을 받았다. 크라슨의 면회가 가능하다는 소식이었다. 내일 오전 중에 경찰서 앞에서 만나 함께 면회를 하기로 사피오와 약속했다. 곁에서 전화 내용을 흘러 들은 세디게네가 자기 일인 양 기뻐했다. 근자 울적한 기색이 있었는데 얼굴이 활짝 개이고 웃음기까지 어렸다. 그러한 딸의 모습을 보는 하사이의 심정은 가볍지만은 않았다. 까닭 모를 한숨이 새 나왔다.

경찰서 정문에서 하사이는 크라슨의 백부인 사피오를 만났다. 그간 마음고생이 심했는지 부쩍 늙어 보였다. 두 사람은 말없이 악수를 나누곤 곧장 경찰서로 들어갔다.

면회실은 경찰서 지하에 자리해 있었다. 약간 어둑했고 습한 냄새가 통로에 배어 있었다. 맨 시멘트 바닥이었다. 쇠살문 형태의 차단막이 설치된 한 방에서 두 사람은 크라슨을 만날 수 있었다. 제복 차림의 경찰관이 입회한 가운데서였다.

크라슨은 꼴이 말이 아니었다. 심한 고초를 겪었음을 말해주듯 옷이 찢겨지고 피로 짐작되는 검은 반점들로 얼룩져 있었다. 구타를 당했는지 얼굴도 피멍이 들고 부어 있기까지 하였다. 크라슨은 두 노인네를 보자 왈칵 눈물을 쏟았다. 하사이도 눈시울이 뜨거워졌다. 사피오도 연신 손바닥으로 눈물을 훔쳤다. 무슨 죄를 지었기에 잘생기고 선량해 뵈던 한 청년을 저토록 혹독하게 다뤘나 싶어 하사이는 분노가 치밀었다. 저 지경으로 만든 자들을 찾아내 몇 배 앙갚음을 해주고 싶었다. 그러나 마음뿐이었다. 권력을 지닌 정부 기관을 약자인 민간인이 어찌 대항하랴 하는 현실 인식 때문이었다. 대신 적개심이 가득한 눈초리로 임석한 경찰관을 쏘아 보았다. 그가 겸연쩍은지 슬며시 고개를 돌려 외면했다.

크라슨은 몸은 성치 않아도 목소리만은 또렷했다. 자신은 호메이니의 밀정도 아닐 뿐더러 아무 죄가 없다는 것을 누누이 말하면서 애절할 정도로 도움을 요청했다. 두 사람은 공히 속이 바짝바짝 탔다. 그렇지만 크라슨을 당장 구금의 고통에서 구해 낼 방법이 없었다. 금명간 풀려날 수 있도록 모든 노력을 다할 테니 참고 기다려 달라는 말밖에 할 수 없었다. 약정된 시간이 되어 면회가 끝나서도 차마 돌아서지 못했다. 하사이는 자신의 무력함을 뼈저리게 느꼈다. 사피오는 치미는 격정을 참지 못하고 끝내 통로 벽에 이마를 찧고 말았다. 선혈이 금세 이마를 물들였다.

지난번과는 달리 공안사범을 관장하는 부서 책임자를 만날 수 있었다. 카키색 복장에 엷은 갈색의 색안경을 낀 체구가 우람한 사람이었다. 보기와는 달리 사람을 대하는 태도가 부드럽고 친절한 면이 엿보였다. 하사이는 그 자리에서 자신이 크라슨의 신변에 대해 책임도 지고 보증도 설 테니 풀어 달라고 간청하다시피 하였다. 이마에 붕대를 두른 사피오도 크라슨이 절대 호메이니의 밀정이 아니며 그 점은 알라신이 알 것이라면서 눈물까지 글썽이며 상대방의 선의를 바랐다.

그렇지만 공안 책임자는 고개를 가로 저었다. 그리고 이미 상부에 보고 된 상황이라서 크라슨의 방면은 자신의 재량권 밖이라는 것을 주지시키며 난색을 표했다. 이어서 두 사람의 애쓰는 모습이 딱해 보여 크라슨에게 억울한 면이 있는지를 살펴 조처하겠으니 그만 돌아들 가라고 하였다. 크라슨에게 관심을 갖고 돕겠다는 뜻으로 받아 들여졌다. 그의 호의가 고맙게 느껴졌다.


사피오가 일어서려다 말고 크라슨이 호메이니의 밀정 혐의로 체포된 연유를 알고 싶다고 했다. 그가 사피오를 안경 너머로 힐끗 보더니 천천히 입을 뗐다. 수사와 결부된 기밀 사항이지만 참고적으로 몇 가지만 말씀드리니 외부에 발설치 말아 달라는 전제를 달았다. 그의 얘기는 개략적이었다.


크라슨의 피체는 호메이니의 밀정이라는 제보에 의함인데 제보자는 타미 주민이라는 것과, 제보 내용은 크라슨이 올 봄 마을 숲에서 신원미상의 2인과 밤늦도록 회합하였고, 하사이의 생일 축하연 전날 밤에도 버스에서 정체불명의 사람과 접선해 반정부 봉기와 관련된 이야기를 하였다는 것이었다. 제보자가 엿들은 내용 중에 문제시되는 건 크라슨 스스로가 자신은 이란 곳곳을 다니며 주민들의 동향을 파악해 호메이니 측에게 보고하는 정보원임을 밝혔다는 점이었다.

공안 책임자가 최종적으로 단언 짓듯 말했다.

"무혐의로 판명 나 석방이 되든가 혐의가 드러나 처벌을 받든가는 오로지 크라슨 본인에게 달렸습니다. 조사에 협조해 한시바삐 혐의 사실을 자백하는 것이 그에게 이로울 것입니다."

세디게네가 크라슨의 석방을 위해 경찰서를 드나들기 시작한 것은 하사이가 크라슨을 면회한 지 3일이 지난 날부터였다. 사피오 일행이 크라슨이 석방되기를 기다리다가 부득이 생계를 위해 시라즈로 행상을 떠난 것도 그즈음이었다.

그로부터 한 달 뒤 크라슨은 석방되었다. 크라슨에게 씌워진 밀정 혐의는 남녀간의 단순한 밀회를 두고 악의적으로 꾸며낸 무고였음이 세디게네에 의해 밝혀졌기 때문이었다. 그러나 크라슨을 호메이니 밀정으로 본 제보자가 누군지는 끝내 알 수가 없었다.

세디게네로부터 크라슨의 석방 소식을 들었을 때 하사이는 기쁨도 잠시 곧 울적한 기분에 휩싸였다. 괜스레 모든 것이 허망하게 느껴졌기 때문이다. '세디게네가 좋은 배필을 만나 아르마티 여신처럼 순종적이고 헌신적인 삶을 살기를 바랐는데……' 그는 울적한 심사를 나이 탓으로 돌리면서 기뻐하고 있을 사피오의 모습을 머릿속에 그려 보았다.

세디게네는 몸이 상하고 쇠약해진 크라슨을 위해 수예점과 가까운 찰박에 방을 구해 틈틈이 그를 돌봤다. 물론 이모나 아버지인 하사이에게는 비밀로 하였다. 몰래 하는 사랑이며 축복과는 거리가 먼 불안한 생활이었지만 함께한다는 그 자체만으로도 그녀는 마냥 행복하였다.

# 4

잠자리에서 일어났을 때 주위가 자못 소란스러웠다. 늦었다는 자각에 침구를 대충 정리하고 곧장 세면장으로 향했다.

식당 안은 한산했다. 공휴에 일하러 가는 특근자가 많지 않다는 생각에서 마음이 한결 느긋해졌다. 달걀과 김으로 맛을 낸 제대로 된 북어죽을 먹으면서 간밤의 꿈을 기억해내려 했다. 긴 꿈을 꾼 것 같은데 그저 부분적이고 어렴풋했다. 다만 게이트 키퍼인 크라슨이 어떤 여성을 만나 사랑을 나누는 내용 정도로 기억났다. 문득 엉뚱하게도 실제일 수 있다는 의식의 환치가 일어 정녕 꿈이었을까 하고 스스로 되물었다. 부러 불분명으로 두려는데 장자의 호접지몽이 생각나 실소했다.

현장인 스몰라인에 당도하자마자 나무상자 속의 쥐부터 찾았다. 동료들과 작업 협의도 미룬 채 나무상자로 바삐 갔다. 조바심을 억누르며 상자의 뚜껑을 열었다. 쥐가 보이지 않았다. 어미 쥐도 새끼 쥐도 어디로 갔는지 흔적조차 없었다. 어제 먹이로 준 계란부침과 햄, 옆에 놔둔 물도 그대로였다. 갑자기 슬픈 감정이 엄습하였다. 영영 볼 수 없는 먼 곳으로 갔을 거라는 예감을 떨칠 수가 없었다.

사라진 쥐만 생각하면 마음이 우울하였다. 벌써 일주일 전 일인데도 잊혀지지 않는 것이 이상스러울 정도였다. 그것만이 아니었다. 필시 나와 어떤 연관이 있을지 모른다는 심증마저 드는 것이었다.

오후 작업이 시작될 무렵 급작스런 안내 방송이 현장에 울려 퍼졌다. 작업자 전원은 작업을 중단하고 속히 캠프로 철수하라는 내용이었다. 안내 방송은 거듭 되풀이 되었다. 일손을 놓고 하나 둘씩 창고로 모여 들었다. 전혀 예상치 못한 돌발 상황이어서 모두는 의아해 하며 예삿일이 아니라는 듯 한 마디씩 했다. 이스파한에 대규모 반정부 봉기가 일어났기 때문이라는 것과 이라크가 이란을 침공해 전쟁이 벌어졌기 때문일 거라는 등의 그럴듯한 예단이나 추측들이었다. 그러나 영문을 알 수 없으니 구구한 억측에 지나지 않았다. 출·퇴근시에 우리를 실어 나르는 트럭이 현장에 나타나자 표정들이 굳어졌다. 우리는 현장 책임자의 지시에 따라 차에 올랐다. 불안한 기류가 사람들 사이에 떠돌았다.

식당 앞 게시판에 벌써 별도 지시가 있을 때까지 캠프에서 대기할 것이며 외부 출입을 금한다는 현장소장 명의의 공고문이 나붙었다. 캠프 관리요원들이 각 숙소를 돌며 인원을 점검하는 모습도 눈에 띄었다. 분명 무슨 일이 벌어진 것 같았다. 모이기만 하면 심상치 않다는 말들을 주고받으니 캠프 분위기도 뒤숭숭해졌다.

평소 같으면 숙소 동료들끼리 장기를 두거나 카드놀이를 하며 웃고 떠들며 시간을 보낼 터인데 모두 맥없이 그냥들 있다. 흡사 말 꺼내기가 두려운 양 방 안에 침묵만이 감돈다. 부스럭거리는 작은 소리에도 눈길이 쏠릴 정도로 예민해져 있다. 무겁고 적연한 분위기가 싫어 빨랫감을 챙겨 방을 나왔다. 세면장은 옷을 빨고 몸을 씻는 일상적 광경들이 펼쳐져 그나마 마음이 편했다. 생각 이외로 사람들이 몰려 북적거렸다.

늦은 오후, 많은 인파들이 내지르는 듯한 큰 함성이 들려 왔다. 한 대가리 게이트 쪽이었다. 뉴스나 소문으로나 듣던 반정부 시위 군중들이 출현한 것이었다. 족히 수백 명은 되어 보였다. 우리는 숙소의 창을 통해 숨죽인 채로 시위 군중들을 지켜보았다. 시위 군중이 탄 차량들이 경적을 울리고, 누런 흙먼지가 일고, '미 제국주의를 타도하자'는 외침과 구호가 난무하는 가운데 사람들이 한 대가리 게이트로 몰려들었다. 그리고 마구잡이로 공사 현장에 진입해 메인 오피스가 있는 웨스트 게이트 방향으로 경쟁적으로 내달았다. 과격하고 무질서한 광경이었다. 천만 다행히도 캠프를 비켜가 안도는 하였으나 한참을 위해를 당하지 않을까 하고 공포에 떨어야 했다.

얼마 후 경찰들이 나타나서야 캠프는 표면적으로 안정을 되찾았지만 불안감은 가시지 않았다. 저녁 때쯤 현장을 방호하는 경찰에 의해 시위대로 인한 피해 사실이 알려졌다. 메인 오피스가 습격을 받아 집기가 부서지고 금고에 든 현금이 털렸다는 것과, 사망자까지 발생했다는 것이었다. 사망자는 뜻밖에도 크라슨이었다. 나는 처음에 그 소식이 믿기지 않았다. 그러나 그와 함께 근무했던 현지인 경비원이 크라슨을 죽음을 직접 목격하였고 경찰이 이를 확인한 터라 크라슨의 죽음을 기정사실로 받아들일 수밖에 없었다.

경비원의 증언에 의하면, 크라슨이 시위대를 가로막자 선두에 선 키 큰 어떤 남자가 크라슨을 가리켜 '저자는 팔레비의 개다. 죽여야 한다'고 소리쳤고 그 이후 크라슨은 죽음으로 발견되었다는 것이다. 발견 당시 크라슨은 기둥에 비스듬히 기댄 채 죽어 있었는데 흉기에 심장을 찔린 것이 사인이었다. 나는 청춘의 나이에 유명을 달리한 크라슨의 명복을 빌면서 슬픔을 속으로 삭여야만 했다. 타르를 치며 외로움을 달래던 아름다운 청년 크라슨, 그와는 비록 짧은 만남이었지만 죽는 날까지 소중한 인연으로 기억될 것이다.

폐쇄된 캠프에서 대기하며 공사 재개를 기다리는 날이 계속되었다. 무료하고 갑갑한 마음에서 캠프 내를 하릴없이 돌아다니거나 공사가 중단된 현장을 물끄러미 바라보는 나날이기도 하였다. 너나 없이 현장 복귀에 대한 기대를 입에 담았지만 가능성은 엷어 보였다. 자연 고국의 소식보다는 이란의 정치적 변혁을 다룬 뉴스에 촉각을 세우고 귀를 기울이는 처지가 되었다. 그 와중에 공무로 이스파한에 다녀온 동료가 시내의 화젯거리라면서 자살로 생을 마감한 한 젊은 여성에 관한 소식을 우리에게 전해 주었다. 애인의 죽음에 상심한 여자가 시오니 폴에서 저얀데 강에 투신자살했는데 여자가 젊고 예쁜데다 임신 중이었으며 명문가의 딸로 밝혀져 세인들의 관심이 이만저만 아니라는 것이었다. 나름으로 상상해 답답한 현실을 잠시나마 잊으라는 뜻에서 들려준 얘기였다.

종내 현장을 철수하는 걸로 결정이 났다. 설마 하던 기대가 무너져 모두는 낙담을 하였다 그러나 회사 방침에 순응할 수밖에 없었다. 줄이 닿거나 운 좋은 친구들은 가까운 사우디 현장으로 발령 받았지만 나를 포함한 동료들 대부분은 타의적으로 귀국길에 올라야 했다.

캠프를 떠나는 날 아침, 밤새 눈이 내려 삭막하던 황토의 고원이 온통 광활한 설원의 풍경으로 바뀌어져 있었다. 차가 삐죽하니 솟은 두 개의 철주로만 남은 한 대가리 게이트를 지나칠 때 크라슨이 생각났다. 그리움 같기도 하고 어쩌면 서러움일지 모를 그를 나는 이제 잊어야 했다. 그리고 기억 속에서 혹은 상념 속에서 연연해온 그 쥐마저도 잊어야겠다고 다짐했다. 참으로 이상하게도 시오니 폴에서 투신한 여자가 애달프게 느껴졌다.

죽은 자들

# 죽은 자들

희고 포동한 얼굴 탓에 찐빵으로 통하는 김 간
호사가 말을 던지며 지나친다.

"누가 상도 씨를 문병 온 것 같은데 병실에 가보세요."

신관 쪽으로 총총걸음 하는 그녀를 흘깃 보다 육감적인 엉덩이에
눈길이 머문다. 습관적이다. 팽팽하게 농익은 그녀의 엉덩이를 은
근슬쩍 볼 때마다 품는 생각이 있다. '저 여자가 어떤 남자와라도
그 짓을 한다면 당장 아이가 들어설 거야.'

생각이 병문안 온 누구에게 옮아갔다. 누굴까. 구복이일까. 낭하 끝, 벤치에 머무는 잔양도 슬몃하다. 나는 몸을 일으켰다. 순간 정신이 아뜩해질 만큼 허리께에 격심한 통증이 인다. 잊고 있던 조심성이 허물어져 겪는 대가다. 몇 걸음 걸으려니 통증은 둔중한 압박통으로 변해 욱신댄다. 신음이 절로 난다. 척추 뼈를 교정하고 피부를 짜깁기한 수술의 흔적을 거듭 실감케 한다. 수술 부위가 아물 때까지 돌아다니지 말고 안정을 취하라는 주치의의 말이 새삼 기억난다. 기름하고 유들한 얼굴이 떠오르자 괜한 적개심이 솟구친다. '시건방진 새끼, 사무적인 주제에…… 척 하긴.'

예상했던 대로 껑충한 모습의 구복이였다. "왔어."라는 나의 말에 그답지 않은 맥 빠진 기색으로 나를 맞는다. '무슨 일이 있는 걸까.' 활달한 성격이었기에 여러 말을 쏟아 낼 그가 별 말이 없다. 평소와 다른 그의 모습에서 직감적으로 무슨 일이 있음을 자아내게 한다.

"형님, 나갈까요."

그가 병실을 나가자며 나를 이끈다. 구복은 수술시에 보호자가 되었던 세칭 노가다 동생이다.

꾸부정히 걸어가는 그의 뒷모습이 오늘따라 처져 보인다. 병원 매점과 면한 휴게실에서 그와 마주했다. 그가 캔 음료를 사와 내게 권하며 눈웃음을 지었다. 그리곤 담배를 꺼내 불을 붙인다. 늘 보던 모습이다. '자식 별일 없는데 괜히 사람 긴장케 하다니…….' 내가 씩 웃으며 크고 투박한 그의 손을 응시하다 얼굴에 눈길을 준다. 방금 전 웃음기는 간데없는 그늘진 표정이 새롭게 목도된다. 그리고 나의 눈길마저 피하려 해 어색하기조차 하다. '무슨 일이 있긴 있구나' 풀어진 마음도 잠시, 의아심이 다시금 고개를 쳐든다.

음울하고 좁은 애조적인 그의 눈길이 창밖을 향해 있다. 낮은 긴장과 미묘함이 그와 나 사이에 감돌고 우린 하릴없는 사람처럼 그냥 앉아 있다. 저쪽 탁자에서 사람들이 나누는 수런수런한 말소리가 귀에 선연하질 때쯤, 그의 시선이 내게로 돌아왔다. 내가 시선을 피하지 않고 마주치자 그가 새삼스러운 양 빤히 나를 쳐다보곤 그제야 하고픈 말을 하는 거였다. "형님, 우길이가 갔어요."

처연함이 묻어나는 하소적 어조. 너무나 뜻밖의, 반신반의도 일순 가슴이 덜컥 내려앉는다.

"뭐라고? 그게 무슨 말이야?"

역정을 내듯 반사적으로 되물었지만 불길한 예감을 떨칠 수 없다.

그가 억장이 무너지는지 간단없이 말한다.

"K은행 9층에서 '임팩'을 치다(드릴형태의 공구로 볼트, 너트를 조이는 작업) 그만……. 안전망을 두 개씩이나 뚫고……. 점심 때 우길이가 보이지 않아 찾았보니……. 그렇게 됐어요. 형님……. 동 마산 병원에 우길이를 갖다 났어요……."

고개를 떨어뜨린 그가 더 이상 말을 잇지 못하고 손등으로 눈가를 쓱 훔치더니 일어선다.

"형님 나 갈라요."

휘적휘적 가는 그를 보고서도 잡지도 않았다. 필시 슬픔에 겨워 울고 있으리라. 나 역시 슬프긴 그와 다를 바 없다. '참 많이도 동료들을 먼저 보냈지만 이건 아니야. 우길이 이 자식…….' 가눌 수 없는 비감이 전신을 휘감는다.

병실에 돌아와 자리에 누웠어도 머릿속은 온통 K은행 본점 신축

현장에서 추락사한 우길에 대한 생각으로 가득했다. 죽은 원인은 무엇일까. 이미 죽었는데 자초지종을 알아서 뭐하랴고 부질없어 하면서도 카(철근이나 앵글 등으로 만든 고소 작업용 간이 발판)를 옮기려다 중심을 잃고 떨어지지 않았나 하는 추정을 해본다. 9층 높이의 고소는 흔들림이 저층보다 심하다. 또 통상 임펙을 치기 전, '하시라' '마바시라'라고 하는 기둥격 철주와 하리(기둥과 연결된 보격 철재)를 결속하는 볼트도 가설 상태에선 수 개 정도 끼워져 있을 뿐이어서 흔들림이 한층 더하다고 하겠다. 게다가 층이 높아질수록 발 닿는 후렌치면이 한 뼘 남짓한 경량 H빔(철재)이 사용되는 통에, 언제나 추락의 위험이 도사리고 있다고 봐야 한다. 그런 흔들림 많은 협폭의 H빔 위를 우길이는 카를 들고 다녔으니……. 추락은 필연이었을까.

겐바(고소 작업용 발판 내지 고소 작업을 의미)를 타본 경험이 일천한 도비(통칭해서 비계공이라고 하나, 도비는 공장이나 빌딩의 철골조를 세우거나 철구조물을 설치 해체하는 고소 작업을 위주로 한다)가 추락사하는 원인도 이와 무관치 않다. 하시라와 결속된 하리 양 가장자리는 흔들림이 적지만 하리의 중심부로 갈수록 흔들림이 심하다. 이를 간과하고 이동차 하리를 걷다 흔들려서 멈춰 서는 순간, 여지없이 떨어지게 되는 것이다. 추락과 연관해 여러 생각을

하다보니 슬픈 감정이 다소 사그라졌다. 그러나 우길에 대한 회상
은 여전히 꼬리를 문다.

'몇 년 전 청주 현장에서 우길은 칼럼(철제기둥)에 하리를 걸다
칼럼이 넘어지는 바람에 10미터 공중에서 떨어져 중상을 입었어도
살았었는데' '결국 운이 다해 이런 날을 맞게 되다니.' '갸름한 얼
굴에 하이칼라(머리모양)가 보기 좋았고, 가무잡잡 용모일망정 크
고 선한 눈을 가졌었고, 인정 많고 마음씨 또한 얼마나 대범하였는
지.' 그를 이제 볼 수 없다는 생각에 이르자 새삼 슬픔이 복받쳤다.

죽은 우길과 구복, 나, 우리 셋은 젊은 시절 공사판에서 알게 돼
줄곧 가깝게 지내왔다. 전라도 사람은 곤조(근성), 경상도 사람은
오독고(오기)가 있다면서 둘이 엉겨 붙은 것을 내가 말린 것이 만남
의 계기였다. 한 15년 전, 남해화학 건설현장으로 기억된다. 그때
내 나이 스물다섯이었으니 지금 둘의 나이는 서른다섯 쯤이리라.
공사판을 이리저리 떠돌면서도 우린 티격태격 다툴 때도 많았고,
상대에 대한 야속함 때문에 소원해질 때도 있었다. 그러나 다툼이
나 미움이 정 다지기 위한 방편이라 하지 않는가. 함바(현장 밥집)
에서 허기진 배를 채우고 때 절고 냄새나는 이불일망정 함께 덮으
며, 현장 막사에서 바닥 잠을 자면서도 되레 즐거웠던 것은 '우리'

라는 형제 이상의 동료가 있음에서이다. 다투고 미워도 그때뿐이고 만날을 같이하다 보니 쌓이는 것은 끈끈한 우정이어서 며칠 안 보일라치면 허전하고 안부가 궁금하기까지 하였다.

돌이켜 보면 참 그때는 세상에 대한 불만은 고사하고 삶이 너무도 즐겁고 재미가 있다는 듯이 늘 낄낄대지 않았는가. 몸은 비록 고달프고 수중에 돈은 없어도 처지를 비관하거나 내일에 대한 걱정은 조금치도 없었다. 혈기왕성한 젊음에다 나를 알아주는 정겹고 미더운 동료들이 곁에 있는데 무엇이 힘들고 무엇이 아쉽겠는가. 일 나가면 돈 벌고, 저녁 배불리 먹고, 한방에 모여 술 몇 잔에 웃고 떠들다 보면 세상 시름은 저만치이다.

세월은 참 빠르기도 하다. 어느새 내가 마흔 고개니 그간 세상도 많이 변한 것 같다. 요사이는 일거리 얻기도 어렵고 일당도 시원찮다. 그래서인지 노가다판의 인심이나 동료간 의리도 예전 같지 않다. 동료를 배려하고 덜 악착스럽던 좋은 시절은 이제 서글픈 표상인 양 몸 여기저기의 상흔으로 남았다. 보신(선임 숙련자)이나 선배에게 깍듯했던 옛 동료들은 희미한 기억만큼이나 눈에 뜸하다. 대부분 현장에서 불의의 사고로 죽거나 혹은 다쳐서 사회 언저리 어딘가를 헤매고 있을 것이다. 10여 미터 공중에 걸린 2인치(50센티)

파이프를 걸어 다녔다든가, 소형 윈치 두 대로 30미터 거대 타워를 세웠다는 얘기는 이제 신화가 되었다. 그러고 보니 코(스틸 와이어 가닥을 풀어 용도에 따라 꼬는 것. 일명 참코라고도 한다)를 잘 박고, 빠구리(일종의 도르래)와 도비생(윈치 등을 고정시키는 것)을 잘 치던 우길이의 궤적도 언젠가 전설처럼 회자될지 모를 일이다.

건설 현장을 전전하는 일당바리 노가다 인생이 대개 그러하듯 돈을 모을 수 있는 형편이 아니다. 하루 벌어 하루 산다는 의미는, 하루 벌어 하루 먹기도 빠듯하다는 얘기일 수 있다. 일이 고정적이지 않고 부정기적이어서 쉬는 날이 많기 때문에 겪는 궁핍에 다름 아니다.

일이 없어 쉬는 날은 어울려 술을 마시거나 화투를 친다. 딱히 무료함을 달래기 위함 만이 아니다. 동료간 유대를 다지고 일에 대한 정보를 서로 나누기 위한 자리일 수 있다. 그러나 싸구려 선술집이나 담배연기 자욱한 동료의 자취방에서 벌어지는 그들만의 축제일 망정 마냥 풀어지거나 함부로 굴지 않는다. 오야지(업자)와 일꾼, 보신과 신출이라는 위계질서가 묵계적으로 작동하기 때문이다.

노가다는 웃을 때도 함께 웃고 왁자하니 떠들 때도 함께 시끄럽게 군다. 일체감이 따로 없다. 어쩌면 그게 그들의 철칙이고 운명인지 모른다. 소외는 그들에게 있어서 죽음에 버금하는 절망이다. 따돌림 받거나 밉보였다는 것은 대체적으로 의리에 벗어나는 일을 저질렀기 때문이다. 동료들은 제 배만 채우려는 욕심자나, 동료를 등친 자를 가장 미워한다. 혹여 그가 재수 없게도 사고를 당해 죽기라도 할라치면 애도는커녕 '깨졌다'고 즐거워하기조차 하기도 하는 것이 노가다의 풍조이고 생리이다.

노가다를 하다 보면 이따금 목돈을 만질 때가 있다. 명절공사나 긴급공사, 또는 위험한 보수공사를 통해 얻는 이례적 수입을 말한다. 단시일 내에 많이 벌어 주머니가 두둑해지면 흡사 백만장자가 된 기분이다. 용모 단정하고 교양 있는 양갓집 여성들치고 노가다를 경원하지 않는 여성이 어디 있겠는가. 땀에 찌든 추루한 행색에 거친 언행, 무례하고, 별 볼 일 없는 하층민이라는 선입견 탓이다. 그래서 단번에 주머니가 두둑해진 노가다는 사람대접 받고 남자 구실 하기 위해 술집이나 홍등가로 걸음 한다. "오빠!" "자기!" 하며 달려드는 아가씨들에게 "자! 자, 배춧잎." 하며 서부 총잡이 권총 뽑듯 돈을 펑펑 써도 아까울 것이 없다. 그건 일종의 자학일 수 있다. 노가다라는 밑바닥 인간들이 분출하는 과시의 한계이고, 세상에 대한 항변이기도 하다. 아침에 깨어나 주머니가 텅 빈 것을 알았어도 별스레 노여워하지 않는다. 돈이란 있다가도 없고, 없다가도 생기는 것이 아니냐는 자위 속에, 행여 잠자리를 같이한 아가씨가 해장국이라도 끓어 올라치면 고마운 마음이 앞선다.


나이 든 노가다 중엔 이혼자나 혼기를 놓친 독신자가 의외로 많다. 가정이 없는 나름의 사연이 있겠지만 대개 돈 때문이다. 벌이가 신통치 않아 겪는 원치 않는 독신이지만 마음은 언제나 단란한 가정을 꿈꾼다. 그것이 비록 능력 밖의 언감생심이고, 현생에는 불가능한 기적 같은 일일지라도 마음 한구석에 기대가 늘 도사리고 있다. 예쁘고 많이 배운 요조숙녀는 꿈도 꾸지 않는다. 처지가 비슷한, 갈 곳 없고 이해심 많은 여자라면 더 바랄 것이 없다.


나와 구복, 죽은 우길은 처지가 비슷하다. 내가 홀아비 소리를 들을 만한 중늙은이 격이라면 둘은 삼십을 훌쩍 넘긴 노총각이라고 할 수 있다. 때때로 그들의 자취방을 가보면 이부자리와 옷가지, 그릇 몇 개만이 달랑하다. 단출하다 못해 너무 썰렁해서 위안한답시고, "야 임마, 웬만하면 하나 데려다 놓아. 기스푼(작부)도 괜찮아."

하고 짐짓 면박이라도 줄라치면 "형님이나 챙기슈. 그러면 우리도 따라 할 테니까" 하고 되받아쳐 사람을 궁색하게 한다. 오히려 그런 대꾸는 마음이 편하다. "누가 올라요." 하는 자조적 대꾸를 들으려 치면 서글픈 마음이 울컥 치솟아 그가 못내 연민스럽다.

　우리 셋은 성격이 각기 대조적이었지만 배짱이 서로 맞아서인지 많은 동료 노가다 가운데서도 짝패처럼 붙어 다니며 함께 일을 하였다. 내가 시나이(철제 밴드를 이용한 척자)를 뜨는 현도씨(베이직 도면을 보고 공사에 소용되는 철재를 재단하는 것)인 반면, 구복과 우길은 철골 설치를 전문으로 하는 도비라고 할 수 있다. 또 구복이가 철구조물 해체가 특기라면, 우길은 중량물을 잘 다루고, 로프 매듭이나 다이스끼(운반용 철재 로프) 용도의 코를 잘 박는다는 점이다. 우린 각자 맡은 일은 스스로 헤쳐 나갈 만큼 경험과 노련함을 갖췄다 해서 동료들 사이에서 보신급으로 통한다. 보신은 철골의 설치는 물론 제작 전반에 걸쳐 일가견이 있어야 인정받는 위치이다. 용접, 제관에 대한 기능은 기본이고 마킹(철재에 대한 표시작업)과 절단, 심지어 댕기드릴(고리와 지렛대를 이용해 이동하며 홀 작업을 하는 대형드릴)도 다룰 줄 알아야 한다.

　'세월이 약'이란 말이 있다. 경험 없는 시로도(신출내기)들이 일하는 모양이 성에 차지 않아 고참인 우리들이 내뱉는 푸념의 말이다. 내게도 행동이 굼뜨고 실수가 잦아 선배들의 옥상(머리)에 수없이 김을 올린 신참의 시절이 있었다. 철골 일이 아차 하는 순간 다치거나 목숨을 잃게 되는 위험천만한 작업인 탓에 선배들의 언행은 험악하기 그지없다. 사소한 잘못에도 욕설은 양반이고 손에 든 망치나 아나우시(철근 등으로 만든 작업 도구. 40센티 안팎의, 앞은 뾰족하고 뒤는 스패너로 된, 호각과 함께 설치 작업에 소용되는 도비들의 필수품. 일명 신호라고도 한다)를 사정없이 던질 정도였으니까 말이다. 나는 선배로부터 일과 관련해서 단 한 차례도 맞은 적은 없지만 폭행이 자행되는 것을 목격한 적은 더러 있다. 고참이 신참에게 가하는 화풀이성 폭력에 어이없어 하면서도 약자가 겪는 비애이려니 하고 외면할 수밖에 없는 가녀린 자의 입장으로 말이다. 그만큼 세상이 어두웠다는 증좌가 아니었을까. 기술만이 살길이고 전부라는 감내자의 심정을 지금 신참들은 이해할 수 있을지는 의문이지만 말이다.

노가다를 하는 사람들치고 어릴 적 포시럽게 자란 사람이나 대단한 이력자가 어디 흔타 하겠는가. 그러나 모여 뒹굴다 어쩌다 과거 신상 이야기가 나올라치면 꿀리기 싫어 온통 자랑과 허풍 일색으로 치닫는다. '공부하기 싫어 하이방(가출)을 깠는데, 동네 유지인 꼰

대가 현상금조로 논 서마지기를 내놨다' '해마다 대구철이 되면 대구를 몇 십 마리씩 사서 말려 이웃들에게 나눠 줄 정도로 집이 부자였다'는 등의 얘기는 약과이고 '대학 때의 실연이 노가다판에 발을 들여놓은 계기' 또는 '인기 연예인 모씨가 죽자 사자 쫓아다닐 정도로 한때 전도유망한 연예초년생이었다'는 등 신빙성이 결여된 별별 얘기가 속출한다. 이쯤 되면 흡사 똥방 출신 셋이, 밤새 현역인 양 무용담을 늘어놓다가 찾아 나선 부인들에 의해 탄로 날지라도 기죽을 수 없다는 듯 자못 억지스럽기까지 하다. 자신을 알아달라며 부단히 애쓰는 동료에 대해 우리의 경청 태도는 너그러운 편이다. 왜냐하면 서로 속이고 속아주는 한통속이기 때문이다. 그래서 분위기가 소담스러울수록 식상하게 듣는 뻔한 거짓말일지언정 내색은커녕 "그랬었구나." "대단해!" 하며 짐짓 추어주며 호응하는 도량까지 보인다.


　전라도 어느 시골 농사꾼의 아들로 태어나 가난이 싫어 공사판에 뛰어든 구복과, 부모를 일찍 여의고 의탁해 있던 친척집을 뛰쳐나와 객지를 떠돌다 도비 일을 하게 된 경상도 A시가 고향인 죽은 우길이나, 나의 인생유랑이나 별 차가 없다. 지금은 아스라한 옛날이지만 기억을 되살려 유년시절을 회상할라치면 한숨이 앞선다. 아버지가 없는 결손 가정의 아이들이 항용 겪는 생활고, 소외감, 학업포기, 그리고 세파에 허덕이던 어머니의 신산한 모습. 살기 위해 여러 곳을 전전하여야 했던 숱한 역경의 나날까지도 내가 비켜갈 수 없는 어두운 단면이 아닐 수 없다. 그러나 성장하는 과정에서 처자식을 져버린 아버지나 살갑게 군 적 없는 어머니를 원망한 적은 극히 드물다. 딱 한 번 가난한 부모를 둔 내 자신이 서러워 운 적은 있다. 어른이라 하기엔 다소 이른 열아홉 나이에, 세칭 노가다판이라는 건설현장에 발을 들여 놓은지 한 보름쯤 된 때가 아닌가 싶다. 겨울을 목전에 둔 11월로 짐작된다. 일당을 벌고자 난생 처음 서리가 하얗게 내린 앵글트러스('ㄴ'형 철재로 만든 지붕 골조) 위에 힘에 버거운 모야(지붕을 받치는 보조 골조. 대개 C형강이 사용된다)를 깔면서 느낀 공포감에 기인한다. 생각해 보라. 높은 공중에 설치된 트러스를 걷는 것만으로도 모골이 송연한 판국에 무겁기도 하려니와 출렁이기까지 하는 모야를 들고 다녀야만 했으니 말이다. 더욱이 발 딛는 부분이 발길이에도 못 미치는 협소한 면적이어서, 헛디뎌 떨어질 뻔한 아찔한 순간을 겪는 촛자(겐바 경험이 없는 신출내기)의 절체절명의 심정을 어떻게 말로 다 표현할 수 있을까.

모야를 까는(배치) 작업은 통상 2인 1조로 한다. 두 사람이 10미터 길이인 C형강의 양 가장자리를 나눠들고 일정 간격으로 배치하는 일이다. 두 사람이 동시에 나란한 보폭으로 모야를 나르지 않으면 자칫 추락 사고를 당할 수 있는 위험한 일이라 하겠다.

내가 처음으로 트러스라는 겐바에서 모야를 깔게 된 것은 기존 일꾼이 결근한 탓이었다. 손발을 맞춰야 하는 작업에 사람이 빈다는 이유로 내가 선택된 것이 불행이고 시련이라고 할 수 있다. 물론 작업반장의 지목에 의해서다. 그땐 일을 배우는 보조에 지나지 않은 나를 강압적으로 사지로 올려 보낸 반장을 죽이고 싶을 정도로 미웠었다. 그러나 불가항력적 숙명인 양 나는 겐바에 올랐고 내가 처한 현실에 깊이 절망했다.

오전 작업 뒤 겐바에서 내려온 나는 점심도 거른 채 사람들 눈에 띄지 않는 후미진 곳에서 한참을 울었다. 발을 헛디뎌 생긴, 살갗이 벗겨지고 시뻘겋게 피멍 든 사타구니 때문이 아니었다. 일을 관두자니 생계가 암담했고, 일을 하자니 생명의 위협이 따르는, 이러지도 저러지도 못하는 내 신세가 가련해서이었다.

천만 다행히도 오후엔 겐바에 오르지 않아도 되었다. 죽음의 문턱에서 벗어난 것이 그렇게 안도될 수 없었다. 반장의 배려가 한없이 고마웠다. 나의 동태를 누군가가 반장에게 귀띔했는지, 아니면 반장이 나의 심정을 헤아렸기 때문인지, 암튼 세상이 새롭게 보일 만큼 살아난 것이 못내 기꺼웠다.

현장에 내 또래가 한 명 있었다. 이름이 있었지만 그냥 최 군으로 통했다. 이 최 군이 내가 빠진 자리를 대신하기 위해 트러스에 올려 보내졌다. 그도 나처럼 그라인더 작업을 하거나 마킹 작업을 돕는 등 단순한 일을 하는 보조였다. 그러나 현장 경험은 나보다 한 달 가량 앞섰다. 그는 나와 친하게 지내려는 눈치였어도 나는 그를 경원시했다. 사람이 꽤나 불량스러운데다 틈만 나면 요령을 피우는, 뺀질이었기 때문이다. 그는 사고를 쳐서 고교를 중퇴한, 나보다 격이 높은 먹물이라는 것과, 현장일을 하는 것은 순전히 유흥비를 벌 목적이라는 점에서, 집안 사정도 어렵지 않음을 짐작케 했다. 모두 그의 말에 의함이다. 그가 습관적으로 강조하는 토막말이 기억난다. "담임선생이 말이야. 어떠한 경우라도 밀려나는 사람은 되지 말라고 하였어."

그도 처음엔 겐바에 오르는 것을 완강히 거부했지만 반장의 지시에 굴복해 결국 트러스에 오를 수밖에 없었다. 그러나 트러스에서 그를 볼 수 있었던 것은 잠시 동안이었다. 다리가 후들거린다면서 모야 깔기를 거부하고 바깥쪽 트러스 위에 고집스레 앉아 있다가 종내 행방이 묘연했다. 이후 그의 모습을 현장에서 영영 볼 수 없었다.

내가 그의 소식을 접한 것은 이듬해 그와 함께 일했다는 현장 동료로부터이었다. 최 군이 울산의 어느 댕크바리 현장에서 그라인더공으로 일했는데, 더위를 식힌답시고 산소 절단기를 등줄기에 집어넣어 산소를 틀다 불이 붙어 중화상을 입었다는 것이다. 참 어처구니없다는 생각 속에, 늘 구두를 구겨 신고 돈이 된다면서 동선을 절취할 궁리만 하던 최 군에 대한 단상이 바란 기억으로 여태껏 남아 있다.

저녁식사가 나왔지만 몇 술 뜨지 않고 물린 다음 자리에 도로 누웠다. 주위가 자못 수선스럽다. 환자와 보호자의 웅성거림에다 TV가 내는 소리 때문이다. 병실 분위기에 동화되고자 그냥 눈을 감고 있었으나 착잡함에서 헤어날 수 없다. 누워 있기가 불편해 뒤척이다가 결국 일어났다. 담배에 생각이 미쳤다. 잊고 있었던 것이 이상스러울 정도다. 수술 직후 주치의가 당부한 금연은 어겼지만 한 갑으로 일주일을 버텼으니 용하다는 생각이 든다. 서너 개비 남은 담배를 갑째 챙겨 병실을 나왔다. 삼지창처럼 생긴 걸대에 링거를 매달고서이었다.

사람의 왕래가 끊긴 복도 끝 계단에 앉아 담배를 피워 물었다. 온종일 끊은 게 지나쳤는지 담배 맛이 별로다. 등 뒤에서 소리가 났다.

"수술환자가 담배 피워도 됩니까?"

돌아보니 내가 입원한 5층 병동을 담당하는 수간호사였다. 홀아비 사정을 과부가 알아주기라도 할 양, 노처녀인 수간호사에게 나는 은근히 기대하는 마음을 가졌었다. 나이도 한결 들어 보이고 몸도 절구통이어서 공연한 기대만은 아니었다. 하지만 그녀는 내게 너무 먼 당신인 양 꽤나 사무적이었고 쌀쌀 맞았다. 지금도 힐난하는 투가 아닌가. 대꾸 없이 묵묵히 담배만 태웠다. 이렇다 할 기척이 없어 곁눈질해 보니 어느새 사라지고 없었다.

정적이 감도는 계단에 마냥 앉아 있다. 마음이 차분히 가라앉고 편안하기까지 하다. 계단 아래, 벽면에 난 창에 땅거미가 깃든다. 작고 각진 창이 얼핏 우길이의 사진을 연상시킨다.

금년 봄에 있은 C시 시민의 날 때이다. 대맛찌(장기간 일거리가 없는 상태)가 나서 놀고 있던 터라 우리 셋은 구경차 행사장인 공설운동장에서 만나기로 하였다. 행여 임자 없는 냄비라도 주우려나,

하는 기대감을 갖고서 말이다. 구복이와 나는 평상복 차림으로 나왔는데 약속 장소에 뒤늦게 나타난 우길이는 말쑥한 양복 차림이어서 우린 어안이 벙벙했다. 촌스럽긴 해도 그런대로 인텔리겐치아한 면모가 엿보이는 그를 보자니 우습기도 하려니와 한편은 민망스러웠다. 철지난 검은 동복도 그러려니와 무엇보다도 방송국 카메라맨 흉내라도 내듯 크고 묵직해 뵈는 비디오 카메라가 그의 어깨에 올려져 있기 때문이었다. 어느 땐가 우길은 교통사고 현장을 찍는 방송국 카메라맨을 보곤 멋있다고 느꼈던지 푸념처럼 토로한 적이 있다. "야, 십팔! 촬영기자 한 번 해봤으면 죽어도 원이 없겠다"

'자식, 촬영기자 부러워 하더니……. 오늘 소원 풀 모양이군.' 우길이는 흡사 방송국에서 나온 기자처럼 행세했다. 행사 장면을 여러 각도로 찍고 져 민첩하니 운신하는가 하면, 장외에서 벌어지는 놀이판에도 수시로 카메라를 들이대었다. 표정도 진지하고 제법 자세가 나와, 술이 거나한 어떤 노인네는 우길이가 진짜 방송국 기자인 줄 알고 한사코 술을 권할 정도였다. 그 술을 뿌리치지 못하고 마시는 우길이의 표정은 뿌듯함이 지나쳐 도도하기조차 했다. 구복이와 나는 키득대며 우길이의 뒤를 졸졸 쫓아 다녔는데, 공술을 하도 얻어먹어 나중 우길이가 진짜 방송국 촬영기자로 착각될 만큼 만당이 되었다. 얼마 뒤 우길이를 만났을 때, 우길은 기념이라면서,

지난 번 양복차림으로 찍은 명함 크기의 상반신 사진을 억지로 주는 것이었다. 내 기억으론 양복 입은 우길이를 본 것은 시민의 날 행사 때가 처음이자 마지막이 아니었나 싶다. 그때 그 사진이 이번 우길이 장례 때 영정사진으로 쓰일지 모른다고 생각하니 다시금 가슴이 메어진다. 어쩌면 우길이는 자신의 죽음을 예견하고 있었는지 모를 일이다. 그러나 그 사진은 어두운 면만 있는 것이 아니다. 애초 그 사진은 우길이가 총각을 면할 행운의 징조였다.

내가 다치기 전, 그러니까 10여 일 전 일이다. 같은 집에 세 들어 사는 김 양이라는 공장에 다니는 아가씨가 있었는데, 나와는 일상적 얘기 정도는 주고받는 사이였다. 마침 혼기를 놓친 언니가 놀러 왔기에, 우길이의 사진을 보이며 소개시켜 주마고 반농담조로 하였더니 그녀가 선선히 응했다. 사진발이 괜찮았는지, 아니면 처녀라고 하기엔 무리가 따르는 자신의 처지도 신통방통한 게 없었던지, 아무튼 며칠 후 선 비슷한, 만남이 이루어졌다. 장소는 동네 근처의 고깃집이었다. 나와 우길이, 김 양과, 언니인 미자 씨 이렇게 넷은 동합하여 삼겹살에 소주를 겸해 먹으면서 이런저런 얘기를 나누게 되었다. 지금 생각해도 의미 있고 화기로운 자리가 아닐 수 없다. 미자 씨가 우길이 더러 '저축은 어느 정도냐'고 물었을 때 '누나에게 맡겨둔 돈이 기 천은 될 것'이라고 대답하자 그네 얼굴이 환해졌다. 그때부터 우길은 본연의 숫기가 사라지고 남자다운 면모를 보였는데, 만남을 주선한 보람이 있어 당사자들 못잖게 기대되는 마음이었다.

그랬는데……. 죽지만 않았다면 우길은 미자 씨와 가정을 꾸려 행복하게 살았으리라……. 참으로 안타깝기 짝이 없다. 도리(와이어와 레바블록 등을 이용해 기둥이나 외형 골조를 바로 잡는 일)면 도리, 임펙이면 임펙, 어떤 일을 맡겨도 너끈히 해내던 믿음직한 우길이었는데……. 그렇게 허무하게 가다니……. 추락하는 그 순간에 미자 씨와 일평생의 행복을 구현했으리라고 생각하자 한결 위안이 되었다. 아니 그렇게 믿고 싶었다. 나의 추락 경험에 비춰보면, 떨어지는 시간이 초에도 못 미치는 찰나에 불과한데도 그 순간이 너무도 길게 느껴진다는 까닭에서이다. 내가 지금 떨어지고 있구나, 의식하는 가운데 지난날의 온갖 일들이 주마등처럼 머릿속을 스쳐간다는 사실은 불가사의한 일이 아닐 수 없다.

등허리에 이는 통증으로 말미암아 더 앉아 있지 못하고 자리에서 일어났다. 링거 걸대에 의존해 천천히 병실로 걸음 했다.

쉽게 잠들 수 있는 밤이 아니었다. 길 건너 N상가의 불빛이 하나둘씩 잦아지고 있다. 병실엔 어느새 후텁한 기운이 감돌고 창을 통해 찾아 드는 가로등 불빛이 병상에 누운 사람들의 얼굴을 음영지게 하고 있다.

몇 사람이 가늘게 혹은 간헐적으로 코를 골며 간단치 않았을 하루를 접고 있다. 침대 각을 세워 비스듬히 누운 채 홀로 밤의 고적함을 일구고 있다. 이따금씩 차량의 질주음과 취객들의 떠드는 소리가 먼 듯 가까운 듯 귀에 와 닿는다. N상가 한 모퉁이 외등 아래한 사람이 서성이고 있다. 누굴 만나기라도 할 양 한참을 그렇게 서 있다. 불현듯 작년 겨울에 죽은 주태 형이 생각난다.

고르바초프라는 별명으로 불리던 주태 형은 작달막한 체구에 50을 넘긴 나이였어도 힘이 장사였다. 800kg짜리 빔 한쪽 끝을 번쩍들어 올릴 정도였으니 말이다. 형은 힘만 장사인 것이 아니라 단도리(작업에 따른 일체 준비)도 빈틈이 없었다. 그런 형이 언제부터인가 '죽어도 고기 값은 하고 죽을 거야' 하고 푸념처럼 내뱉을 때, 나는 속으로 나이 들었다고 써 주질 않아 사는 게 힘들어서 그러려니 하고 생각했었는데. 막상 형이 S금속에서 레일가다 작업 중 추락사했다는 비보를 접하자 문득 의도된 죽음일지 모른다는 생각이 들었다. 기둥 침하로 생긴 레일 굴곡은 가다와 도구찌(기둥에 돌출된 가다 받침) 사이에 라이너만 넣으면 되는, 단순한 작업이어서 위험과는 거리가 멀다는 판단에서이었다. 설령 횟바리(체인블록)나야(긴 삼각모양의 끼움쇠) 등의 공, 도구들을 사용하다 몸의 중심을 잃거나 실수가 있었다손 치더라도, 40년 경력의 노련한 도비가 그만한 작업에 사고사한다는 것은 납득되지 않는 일이라 하겠다. 여러 정황으로 판단컨대 주태 형은 가족들을 위해 자신의 몸을 날렸다고 여겨진다. 자신의 사망 보상금으로 남은 식구들이 끼니 걱정에서 벗어나도록 말이다.

죽기 한 달 전, 일이 없어 놀고 있는 주태 형에게서 전화가 왔었다. 몹시 쪼들리는지 평소 안 하던 아쉬운 소리를 내게 했다. "상도야, 돈 있으면 몇 만 원도 좋으니 빌려줘라. 쌀도 없고 담배도 떨어졌다." 나는 주태 형과 N상가 앞에서 만나기로 했다. 지금도 N상가 앞에서 서성이던 주태 형의 모습이 눈에 선하다. 내가 담배 한보루와 돈 십만 원을 건넸더니 형은 언제 갚는다는 소리도 없이 받아 쥐곤 황황히 돌아갔다.

그러고 보니 주태 형뿐만 아니라 길지 않은 세월동안 참 많이도 일찍 갔다. 수십 명 이름을 꿰던 것이 열 명 남짓으로 줄었으니까 말이다. 오래전, 과묵하고 의리 있던 만호가 퇴근하다 H중공업 정문에서 오토바이 사고로 죽고 나서 그해 가을 종학이가 뒤를 따랐다. 종학이는 본래 추레라 조수였다가 도비가 된 동생뻘인데, 빔(H기둥)을 잘 올랐다. 사실 도비들은 사다리가 필요치 않다. 나무에 오르듯, 순전히 손발만으로 빔을 오른다. 종학이는 일도 잘했지만 술도 많이 했다. 어느 날 술에 찌든 종학이가 빔을 오르려고 버둥대는 걸 보곤, 도비가 빔을 오르지 못한다면 볼 장 다 본 것이 아닌가 생각했는데 결국 종학이는 얼마 못 가 현장에서 죽음으로 발견되었다. 사비(광명단이라고 하는 황색 페인트)를 칠하려고 나라시(펼침)한 빔들 사이에 엎어져 죽어 있었다. 술병으로 인한 개죽음이었다. 죽기 이태 전 겨울인가. 오동동 육교 밑에서 술에 취해 쓰러진 종학이를 보고 나무랐더니, "형님, 너무 탓하지 마십쇼. 돈이 없어 좋은 안주 못 먹고 김치 나부랭이만 먹다 보니 술이 금방 취하는데 어떡합니까?" 되레 따지듯 하던 그 소리가 기억 속에 내재해 있다.

종학이와 친했던 용대도 내가 아끼던 동생이다. 타워 크레인 해체 작업을 하다가 종학이보다 먼저 저세상을 간 20대 후반의 젊은 도비였다. 밝고 꾸김없는 성격 탓에 그에 대한 일화가 수두룩하다. 하숙집 아줌마에게 사랑을 고백하다가 남편에게 들켜 쫓겨났는가 하면, 설치 작업 중에 빗방울이 돋을라치면 동전 크기의 동그라미를 그려 일 분 동안 열 개 이상의 빗방울이 동그라미 안에 들어야만 겐바를 내려오는 괴짜였다. 뿐만 아니다. 수출 자유지역 내의 모 공장 증축현장에서 밑을 오가는 아가씨들의 관심을 끌고자 헐렁한 트렁크만 입은 발가벗은 몸으로 산소 절단기로 불꽃놀이를 벌였는바, 불꽃이 튀어 아가씨들의 괴성이 잦아질수록 한층 신이 나서 곡예하듯 뛰어 다니며 불꽃을 일으키는 모습이 가관이었다.

술과 연관해서 장초(술)와 조포(두부)도 빠질 수 없다. 둘은 이미 이 세상 사람이 아니다. 장초는 별명이 말해주듯 한창때인 20대에 이 홉 들이 소주 30병을 앉은 자리에서 깔 정도로 술이 센 사람이었다. 철판에 찍힌 정강이를 대수롭지 않게 여기다가 종내 골수염으로 사망한 선배였다. 장초와 더불어 조포 또한 술고래였다. 소주를 병째 양푼에 부어 단순에 마시는데 한 자리에서 이 홉 들이 스무 병을 마시는 것을 보았다. 안주는 통닭 반 마리이었다. 조포는 나와 친한 동료였다.

몇 년 전 일이다. 조포가 드나들던 매미 집에 빼진(성깔 있는) 작부가 있었는데. 조포가 그 작부를 곁에 두고 술을 먹다가 작부의 팬티에 손을 넣어 난폭하니 밑살 터럭을 한 움큼 뽑아 들곤 소리쳤다. "봐라!!" 그와 동시에 "아얏!!" 하는 기겁한 비명이 작부의 입에서 터져 나왔다. 상황은 그것으로 끝난 것이 아니었다. 좌중의 시선이 치켜든 조포의 손에서 떠날 줄 몰랐는데, 터럭이 숭숭한 벌그스레한 여인의 음부 살이 조포의 손가락 끝에 무슨 증거처럼 쥐어져 있은 까닭이다. 그걸 본 작부는 음부 살이 뜯겨 아파 죽는다고 신음을 연발했고 모두는 박장대소하며 한바탕 크게 즐거워했다. 우리는 조포가 작부의 콧대를 꺾을 셈으로 피조개 살로 장난쳤음을 알았기 때문이다. 조포는 그 뒤 D조선소에서 아시바(족장)를 놓다가 실족사했다.

사실 노가다를 하다 보면 돈 씀씀이가 헤플 수 있다. 술 인심, 담배 인심과 무관치 않다. 내일을 염려하거나 계산적이지 않아 동료들과 어울리면 너나없이 곧잘 돈을 쓰게 된다. 인심 후하기로는 '이 부장'이라고 불리던 이강우를 따를 사람이 없다. 나와 동년배였는데 유별날 정도로 깔끔을 떨던 동료 도비였다. 항상 금테 안경을 쓰고 옷차림에도 꽤 신경을 쓸 뿐 아니라 춤과 노래에 능해 우리 노가다 세계에서 스타로 통했다. 이런저런 연유에서인지 자존심도 강해 자신이 무시당하기라도 할라 치면 상대를 불문하고 언쟁을 벌이기 일쑤였다. 현장감독이나 시공사의 관계자와 맞붙어 언제나 시비 다툼하는 것도 바로 이강우이었다. 하지만 성격은 다소 까다로웠을지라도 인정은 많은 사람이었다. 자신도 궁핍한 독신자임에도 불구하고 어려움에 처한 동료나 선, 후배 소식을 들으면 한사코 도우려고 애썼다. 이강우는 L산전에서 거터(벽체) 작업 중 추락사했다. 아들이 하나 있다는 소문이 있었지만 장례는 우리 모두가 나서서 치렀다. 화장한 유골을 충청도에 있는 그의 고향으로 갖고 간 것이 우길과 구복, 나이었다.

돌이켜 보면 장초와 조포, 이 부장이 생존해 있던 시절이 노가다의 전성기가 아니었나 싶다. 일감이 많아 돈벌이도 좋았고 동료나 선, 후배간의 인정이나 의리가 돈독하였기 때문이다. 석유 파동이 끝난 80년대 후반 무렵이다. 정녕 그 시절이 그립다.

허리를 다쳐 반 년 가까이 병원 신세를 진 나는 이후 P시로 이사를 했다. 아는 이의 소개로 아파트 경비원 자리를 얻었기 때문이다. 노가다를 하기에는 몸이 너무 망가진 것이 연유이다.

우길이가 간 지 3년. 아파트 경비원 생활도 그럭저럭 몸에 배어 지난날의 노가다 생활이 언뜻언뜻 떠오르는 회억 정도로 여겨지는 그런 한유로운 세월이다. 사나흘 있으면 장마가 시작될 것이라는 뉴스 멘트를 흘려들을 만큼 공사판은 이제 돌아갈 수 없는 본향처럼 되었다. 성한 몸이었다면 지금도 동료들과 얼려 공사판을 누비며 웃고 떠드는 자유롭고 소연한 삶을 살고 있으리라는 아련한 동경을 지니고서 말이다.

들고 나는 차량도 뜸한 밤 이슥한 시간, 의자에 몸을 눕혀 요사이 한창 인기를 얻고 있는 연속극에 빠져 있을 때였다. 전화벨이 울렸다. 수화기를 드니 귀에 익은 음성이다. 가끔 안부를 묻거나 동료들의 소식을 전해주는 박초이었다.

"야! 상도야. 내다. 들리나?

느슨한 마음에 예사로이 대꾸했다.

"야! 인마. 지금 몇 신데 전화 하노? 어디고?"

반응이 없어 끊어졌나 싶었는데 곧 수화기에서 박초의 음성이 다시금 들렸다. 크고 황망했다.

"큰일 났다! 구복이가 칼럼을 자빠뜨리다 튀는 담바구(턴버클)에 맞아 죽었다 아이가. 마칠 때쯤 그랬다."

달포 전, 구복에게서 전화가 왔었다. 구미에서 해체 공사를 하는
데 돈 버는 재미가 솔찮은지 잔뜩 신나 있었다. "형님, 앞줄과 뒷줄
앵커(기둥 고정용 볼, 넛트)만 살리고 나머지 앵커를 모두 분디(자
르고서) 와이어를 걸어 크레인으로 잡아당기니 와그작하고 사그리
무너졌으라요. 형님도 그 광경을 봤어야 하는 건데……. 형님, 경비
때려치우고 언제 구미 오실라요. 온다온다 하면서 아이 셋 낳고 오
지 말고 지금 와요."

나는 잠자코 수화기를 내려놓았다. 문득 책상 서랍에 간직해둔
마킹 자(소형 줄자)와 기야기 바늘(마킹용 철펜)이 생각났다. 사소
하고 하찮은 것이어도 언젠가 쓰이리라고 현장을 떠날 때 갖고 온,
용구들이다. 이젠 소용없이 되었다고 생각하며 꺼내 만지다 걷잡을
수 없이 울음이 터져 나왔다. 누가 구복이를 기억할까. 그 누가 신
호를 만들며 전설 속의 인물이 되려고 하려나. 눈물 어린 눈으로 어
둔 저편을 바라보았다. 명멸하는 흐린 불빛과 아스라이 멀어지는
자동차의 여운으로 유월의 밤은 그렇게 오래도록 잠들지 못하고 있
었다.

# 옴마나스의 꿈

달빛은 차고 창밖에 드리운 편도나무는 벌써 잎
이 지고 있다. 한 줌 바람에도 등잔불은 너울댄다. 귀뚜라미 울음이
객잔에 성성한 을야인데 아이는 오지 않는다. 밤은 무심함을 더해
도 유인(流人)은 잠을 이룰 수가 없구나. 나메가 약속을 지킬 건가.

나흘 전 야르칸드 장터에서 수마혼차간 집안의 하녀 나메를 만난
건 하늘의 도움이었다. 진정과 소화에 효과가 있는 약재를 구하기
위해 장터에 나갔다가 눈썰미가 뛰어난 나메가 나를 알아보곤 울음
을 터트렸다. 십수 년 전의 나의 모습을 기억에 담아 둔 그녀가 너
무나 대견했다. 그녀는 반가움과 설움에 복받쳐 한참을 흐느꼈는데
절절한 설움이 어찌 그녀 혼자만의 것이겠는가. 세상을 떠도는 유

인의 삶도 온통 슬픔이고 외로움인데. 나메는 서른의 나이이지만 전쟁의 참화를 겪고 몸을 파는 장터의 여자로 살다 보니 시든 훈화 초처럼 늙어 버렸다. 나는 그 옛날 수마혼차간 저택에서의 해맑고 귀엽던 나메를 생각한다. 나메는 비록 하녀의 신분이었어도 수마혼 차간의 딸 히데아와 차별 없이 모두에게서 아낌을 받았지. 주름이 드리운 그녀의 거친 얼굴에서 후아오챠의 옛 추억을 떠올리려니 서글픈 감회가 앞선다.

사이트 밀에서 추방당한 열여덟 소년이었을 때나 마흔 나이의 중년인이었을 때나 후아오챠의 수마혼차간은 너그러운 태도로 나를 받아 들였지. 지금 생각해도 후아오챠의 호족이자 의원인 수마혼차간의 집에서 의술을 익히며 보낸 나날들이 내 인생에 있어서 가장 행복한 때이었다. 수마혼차간의 딸 히데아와 동침하지 않았다면 좀 더 오래 후아오챠에서 행복을 누렸을 것을. 동침한 다음날, 그 고마운 수마혼차간에게 작별 인사도 하지 않고 홀연히 떠나야만 했었지. 수마혼차간에 대한 배은과 내 행위에 대한 죄책감 때문이었다. 그나마 아버지처럼 때론 장형처럼 나를 보살펴준 파무체카가 곁에 있어준 것이 얼마나 다행한 일인가. 그도 이제 예순을 넘겼다. 부쩍 고향 얘기를 하는 걸 보니 소심한 늙은이가 된 것 같다. 예전 킵차크의 거친 평원을 말 달리던 헌걸찬 무인도 세월 앞에서는 속절없구나. 날로 심신이 쇠해 가는 그의 모습을 본다는 건 가슴

아픈 일이다.

아침에 나메가 객잔을 찾아 왔다. 지난번 장터에서 볼 때보다 표정이 밝았다. 데리고 온다던 아이 없이 혼자였다. 아이는 이곳 야르칸드에서 멀지 않은 키잘이라는 산간 마을에 있다고 했다. 아이와 함께 있는 노부인의 거동이 여의치 않아 직접 그곳에 가야 한다는 거였다. 아무렴 어때랴. 기쁜 소식에 마음이 급해졌다. 파무체카에게 길 떠날 차비를 하라고 이르곤 아이와 노부인에게 줄 선물을 챙겼다. 상봉에 대비해 아이에겐 두툼한 겹 마오 옷을, 노부인과 나메에겐 무명으로 된 검정 장옷을 마련해 두었다. 검정은 후아오챠의 호족을 뜻하는 색이다.

키 큰 잎갈나무가 있는 언덕배기에 화피 껍질로 지붕을 얹고 돌과 진흙으로 벽을 쌓은 작은 토막집이 있었다. 집 앞에 머리가 하얗게 센 한 노부인이 나무 걸상에 앉아 있다. 노부인 곁에 한 아이가 서 있다. 나메가 말한 아이이리라. 가까이 가는 중에도 아이에게 눈을 떼지 못했다. 아이는 팔다리가 길어 보일 만큼 말랐어도 살결이 희고 영특하게 생겨 마음이 흠흠했다. '저 아이가 내 자식이라니…….' 무엇보다도 기쁜 건 서늘한 눈매가 제 조부를 닮았다는 점이다. 가슴에서 뜨거운 것이 뭉클 치솟았다.

나메를 앞세워 몇 걸음 앞까지 이르자 노부인이 몸을 일으켰다. 누덕한 아마천으로 몸을 감싼 수척한 모습을 보니 마음이 아팠다.

허리를 숙여 수마혼차간의 부인에게 예를 표했다.

"노부인, 옴마나스입니다."

"오! 그대가 옴마나스라고……."

노부인은 옛 기억을 더듬듯 옴마나스의 얼굴을 살폈지만 더 이상 말없이 젖은 눈빛으로 아이에게 고개를 돌렸다. 원망과 반가움이 혼재한 심경이리라.

"면목 없고 죄스럽다는 말씀을 드립니다."

"그대가 정녕 옴마나스라면 그런 말은 하지 마오. 그대는 나 못잖게 비극을 겪었고 지금도 이 풍진 세상을 유랑하고 있잖아요."

노부인이 아이에게 다정히 말했다.

"도데 코르트야. 인사하렴. 네 아버지란다."

아이는 그 자리에서 데면한 표정으로 머리를 숙였다.

"도데 코르트라고 했지? 나이는 몇 살이냐?"

"열두 살입니다. 그냥 도데라고 불러 주세요."

아이의 목소리는 또랑또랑했다. 아이를 지긋한 눈으로 바라보았다. 아이에게서 히데아의 흔적을 찾고자 했지만 세월이 오랜 탓에 그녀의 흔적마저 여의치 않았다. 그러나 앞의 아이가 히데아가 낳은 자신의 아들이라는 사실에 벅찬 심정을 가눌 수가 없었다.

준비해간 옷을 노부인과 나메, 아이에게 나눠주자 세 사람은 몹시 기뻐했다. 그 순간만은 예전 후아오챠 시절로 돌아간 듯 모두는 즐거워했다. 특히 새 마오를 입은 아이는 연신 웃음꽃을 피웠다. 들뜨고 행복한 감흥은 저녁 무렵까지 지속되었다. 그 사이 파무체카가 큼직한 염소를 한 마리 잡아 나메가 빌려 온 큰 무쇠 웍에 고기를 조리했다. 어느새 소식이 알려져 근처 이웃들이 모여 들었다. 함께 음식을 나눠 먹으며 잔치를 벌였다.

옴마나스는 아들을 만난 기쁨 못잖게 히데아의 비운이 머릿속을 떠나지 않아 심란한 마음에 유르타를 나왔다. 잔잔한 바람에도 가는 잎을 떨어뜨리고 있는 잎갈나무 위 아득한 허공의 달은 희고 밝았다. 히데아가 급작스럽게 마을을 덮친 사이트 밀의 병사들에 의해 살해당했다는 소식을 나메에게서 진작 들었어도 노부인으로부터 그 사실을 확인 받자 잊고 지낸 분노가 끓어올랐다. 자신이 세상을 유랑하게 된 것도 사이트 밀의 통치자 투란 바스네프 때문이 아닌가.

청동 홰의 검붉은 불길이 일렁이는 밤의 타라한 궁정, 사이트 밀의 국왕이자 투란 바스네프의 아비인 베스티 파메네스의 일그러진 얼굴과 노성이 기억 속에서 되살아난다.

"떠나라 옴마나스여! 너는 내 자비에 감사해야 한다. 죽은 네 아비 타르칸느가 너를 살렸다. 지체 없이 떠나라. 태양이 떠오르고 해가 지는 한 너는 내 영토에 결코 발을 들여 놓아선 안 된다. 떠나라 옴마나스여!"

그리고 떠오르는 얼굴이 있다. 오누이처럼 지내다 연인이 되었던 청초한 아나테미스……. 포이베와 셀레네 여신들도 그녀의 아름다움을 시샘할 만큼 그녀는 눈부시게 아름다웠지. 숨어서 우릴 지켜보며 질투의 불길을 내뿜는 또 한 사람이 있다. 왜소한 체구에 선병질적이었던 내 친구 투란 바스네프. 왕의 아들이고 장차 사이트 밀국의 통치자가 될 존귀한 신분이 아니었다면 그가 어찌 아나테미스와 나의 친구가 될 수 있었겠는가. 열등한 투란 바스네프는 아나테미스를 얻기 위해 번제(새)의 머리와 소의 머리 석상이 있는 헤르메스 신전에서 나와 아나테미스가 불경한 짓을 했다고 부왕에게 모함을 했지. 우린 단순한 포옹을 한 것뿐인데. 어릴 적, 심약한 왕의 아들을 위해 기꺼이 동무가 되어 준 우리. 붉고 흰 화려한 꽃들과 푸른 물결이 일렁이는 백색의 정원에서 뛰놀며 가꾼 우리들의 오랜 우정도 투란 바스네프의 야욕으로 그 순수의 빛을 잃었지. 30여 년 전 사이트 밀에서 추방되기 전의 일이다. 세상이 여전하고 목숨이 붙어 있는 한 투란 바스네프에 대한 원한을 반드시 갚으리라고 다짐했건만 신명의 도움이 없어서인지 세월만 흘러 보냈다. 그러나 어이 잊으랴. 그날의 통한을.

집을 떠나는 날 도데는 제 할머니 품에서 울먹이며 몇 번이고 다짐을 했다. "할머니, 꼭 데리러 올 테니 그때까지 잘 계셔야 해요." "나메 이모도 잘 계셔요." "꼭 다시 올 거예요."

외손자를 떠나보내야만 하는 노부인은 그저 흐느낄 뿐이다. 도데를 피붙이 적부터 돌봐 온 나메도 눈물을 훔치며 헤어짐을 서러워했다. 옴마나스 역시 슬프고 착잡하긴 마찬가지이었다. 다행인 것은 나메가 노부인을 보살피며 함께 살겠다는 약속을 해서 옴마나스의 마음을 가볍게 했다.

떠나기에 앞서 천식을 앓고 있는 노부인을 위해 천남성과 반하로 조제한 약을 지어 나메더러 병을 구완토록 하였고, 수중에 간직하고 있던 적잖은 박트리아 왕국의 금, 은화와 값나가는 루비와 청옥 보석 몇 개를 노부인에게 내 놨다. 옴마나스가 지닌 전 재산이었다. 노부인은 한사코 거절했지만 결국 옴마나스가 내미는 돈과 보석을 받았다. 이만한 재물이면 종복을 들일 수 있고 가축과 농지를 장만해 배고픔이나 생활고는 겪지 않을 것이다.

액운을 물리치는 카라(말린 약초) 향연이 집 안팎으로 뭉실뭉실 피어오르는 가운데 옴마나스와 파무체카, 도데는 슬피 우는 외할머니와 나메를 남겨 두고 여정에 올랐다. 도데도 슬픔이 복받치는지 동구 밖에서 서성이는 두 사람 쪽을 연신 돌아보며 눈물을 훔쳤다. 두 필의 말과 두 필의 낙타와 함께 세 사람이 향하는 곳은 대월지의 수도인 발흐였다. 발흐에 옴마나스의 집이 있기 때문이었다. 모두가 울면서 길을 떠났다.

군사들과 도둑 떼의 출몰이 잦은 평원과 초원을 피해 가는 여정이었다. 물이 흐르는 개울이나 청록의 수림이 있는 기슭에 이르면 쉬었다. 그곳엔 사람이 사는 집이나 동네가 있을 뿐만 아니라 병에 시달리는 병자가 있기 마련이다. 병자는 의원을 반겼고 옴마나스는 성심껏 치료했다. 대가를 바라고 치료를 하지 않았지만 치료가 끝나면 옥수수나 보릿가루, 혹은 말린 살구나 무화과 같은 것을 받았다. 집안이 윤택한 병자를 치료하면 돈은 물론 좋은 음식과 고기를 대접 받아 여정에 쇠약해진 체력을 북돋울 수 있었다.

그간 파무체카와 단 둘만의 단출한 여정과는 달리 도데가 합세하자 여정의 고달픔과 외로움이 한결 덜했다. 도데의 호기심이 불러온 활기 때문이었다. 세상에 갓 나온 도데는 모든 것이 경이롭고 신기로웠다. 하늘을 나는 새떼나 붉은 신나무 아래의 마니두이[1]에서

· · · · ·
1) 소원을 비는 원통형의 작은 돌탑.

부터 길에서 마주치는 머리에 터번을 두른 파르티잔 대상과 낯선 촌락의 풍물에 이르기까지 관심거리가 아닌 것이 없었다. 이것저것 묻고 들썽이는 통에 옴마나스와 파무체카는 성가신 감도 없지 않았으나 결코 싫지 않은, 여정의 활력소가 아닐 수 없었다. 이제 도데는 외할머니와의 이별은 잊은 듯 했다.

안드라국의 변방인 소올란사 고개 마루에서 울긋불긋한 타르초(기도문) 깃발을 쳐들고 물소 뿔로 만든 나팔과 까담(수금) 등의 악기로 풍악을 울리는 사람들을 만났다. 뿌자[2]를 행하는 선인 살라 일행이었다. 옴마라스는 살라를 뵙고자 말에서 내렸다. 오래전 데칸의 사원에서 선인 살라에게 가르침을 받은 인연 때문이었다. 살라는 당시 안드라국에서 활불로 추앙을 받을 만큼 귀신을 쫓고 액을 물리치는 데 있어서 최고의 영험자였고 또한 선지자이기도 하였다. 그는 선견지명을 터득해 예언가가 되고자 찾아온 옴마나스에게 이렇게 말했다.

"의원인데 예언가가 되겠다고? 의원과 예언가, 그것도 좋지. 그대가 예언가가 되고자 한다면 여자에 매달려. 여자는 곧 생과 사니까."

• • • • •
2) 불로서 사악함을 물리치는 정화의식.

"선인님! 여자가 어찌 생과 사이옵니까?"

"생명과 죽음은 여자만이 결정할 수 있어. 여자가 아이를 낳으면 생명이지만 그건 곧 죽음이야. 낳지 않아도 죽음이고 낳아도 죽음인, 예언은 그런 식으로 말하는 기술에 불과한 거야."

흰말이 끄는 소박한 목차를 탄 살라는 금색 사조모에 검은 모슬린 천으로 몸을 감싼 옛 복색 그대로이었다. 그러나 편만했던 풍모는 그새 바싹한 나뭇가지처럼 변했고 얼굴은 검버섯과 주름으로 가득했다. 쿤달리니3)를 평생 수행한 선인도 비켜갈 수 없는 세월의 흔적이었다. 옴마라스가 그의 손등에 입을 맞추고 인삿말을 건네자 살라는 잔잔한 미소를 지으며 옴마나스를 반겼다.

"의원 양반, 내 생애 마지막 순행 길에 그대를 다시 만났구려. 내가 준 검은 천을 써 먹는 걸 보니 이젠 예언가 행세를 하는 것 같구려."

살라가 옴마나스의 낙타 등에 꽂힌 홍백의 천기에 더해 있는 검은 천을 두고 하는 말이었다. 붉고 흰 천은 피와 살을 의미하는 의원의 표식이고 검은 천은 예언가를 뜻하는 상징이었다.

"그렇습니다. 선인님, 지금도 세상을 떠돌고 있지만 큰 예언가가 되기엔 아직 경륜이 부족합니다. 가르침을 주십시오."

• • • • •

3) 영적인 힘을 각성시키는 요가의 수행법.

"가르쳐 드리지요. 의원 양반. 나는 머지않아 저세상으로 갑니다. 내가 죽은 뒤 북쪽 타탄의 호수에 사는 쿤니나오모마저 죽으면 그대는 이 땅 위의 제일의 예언가가 됩니다."

살라의 마지막 가르침이었다.


살라의 풍악대가 떠난 자리, 정작 흙벽돌로 지은 한 카라반 사라이가 있었다. 고개를 오가는 상인이나 길손을 상대로 하는 작지만 오래된 객잔이었다. 상인인 듯한 몇 명이 객잔을 드나들고 한 무리의 사람들이 객잔 옆 공터에서 저녁 잠자리에 대비해 유르타를 치고 있었다. 그 곁엔 짐꾸러미를 등에 얹은 낙타들이 주인들의 하는 양을 지켜보며 일찍 찾아온 휴식이 달가운지 콧소리를 내고 있었다.

그늘이 진 백양나무에 기대 고개 아래의 소올란사 풍광을 보노라니 마음이 안온해졌다. 굽은 띠처럼 보이는 회색의 성벽과 몇 개의 망루, 성내에 자리한 오밀조밀한 집들, 녹색의 초원을 가로질러 흐르는 희게 빛나는 강이 아련히 비춰졌다. 30여 년 전 처음 이 고개에서 봤던 그 모습 그대로이었다. 그땐 복수심에 불타던 혈기왕성한 젊음이었고 충정으로 따르던 십여 명의 무리도 있었으나 세상을 유랑하는 동안 죽거나 흩어져 이제 파무체카만 남았다. 무상한 세월이었다. 변한 건 사람이고 젊음이었다.

사이트 밀에서 추방된 뒤 접경지대를 떠돌던 시절, 바륵의 어느 골짜기에서 요절한 뷔트거페가 불현듯 생각났다. 게르륵족 도둑떼의 화살에 맞아 죽어 가는 가운데서도 되레 나를 위로하던 뷔트거페. 우정과 의리가 돈독하던 내 친구 뷔트거페. 그가 연주하던 똡슈르(수금)와 호방한 카이(노래)가 못내 그리워졌다.

나의 똡슈르는 성스런 잣나무로 만들었네
나의 말총으로 두 줄 현을 달았네
똡슈르와 어우러진 나의 카이는 북풍보다 굳세고
때론 물새 울음처럼 청아하기 그지없네.

황금의 산(알타이)과 어머니의 호수(이식카)에까지
울려 퍼지는 나의 카이로
세상의 모든 불행과 고통을 물리치고
호탄으로 가는 그대 길손이여 기쁨을 누리고 행복하기를…….

뷔트거페를 잃은 상심에 삶의 좌표마저 잃고 방황하고 있을 때 이식카 호수의 현자 쿤니나오모를 만나 가르침을 받은 것이 큰 위안이 되었다. 쿤니나오모를 만나 보자고 한 건 파무체카이었다. 그 제안은 현명했다. 쿤니나오모를 회상한다는 것은 젊은 날의 향수이고 먼 고향에 대한 그리움이기도 했다. 그의 웅혼한 카이도 이젠 전설이 되었다. 그가 지난해 죽었기 때문이었다.

현자는 돌출된 큰 바위 밑에서 석양으로 물든 호수에 눈길을 주고 있었다. 맨발에 헤진 펠트 천으로 하반신만 가린 현자는 풍진에 부대낀 우리의 인내를 시험하듯 오래도록 우리를 거들떠보지 않았다. 짙푸르고 광활한 호수에 내려앉은 석양이 어둠으로 변할 때 쯤 현자는 앉은자리에서 일어나 우리에게 전음했다.

"열린 귀와 뜬 눈을 가진 곤고한 영혼들이여! 무엇 때문에 이곳에 왔는가?"

"현자님을 뵙고자 드넓은 이식카호를 사흘 밤낮으로 헤맸습니다. 상심의 고통과 삶의 질곡에서 벗어 날 수 있는 방법을 가르쳐 주십시오."

"오만한 젊은이여! 사흘 밤낮이 아니라 삼십 년 밤낮을 헤맨들 그대가 목적하는 바를 성취할 수 없느니라. 상심의 고통이 없다면 가슴이 없는 거와 같고, 삶의 질곡이 없다면 바위나 나무와 다를 바 없는데 그대는 바위와 나무가 되려 하는가?"

"생사고락을 함께하던 친구가 얼마 전 죽었습니다. 허망한 마음을 달랠 길 없습니다."

"세상의 만물은 커지면 죽게 마련이야. 꽃피고 새 우짖는 이즈음에 죽었으니 좋은 곳에 갔겠군. 추운 겨울에 죽었으면 삭막한 어둠의 세계인 지옥에 갔을 텐데. 이건 창조의 신도 거스를 수 없는 자연의 섭리야."

어머니의 호수 이식카에서 들은 현자의 말이었다. 그리고 현자는 어둠이 깃든 관목의 숲으로 몸을 감췄다. 곧 사람의 마음을 사로잡는 카이가 들려왔다.

천산을 보면 호연한 기상이 생겨나고
도도히 흐르는 일리강을 보면 유장함에 젖는다
드넓은 카자흐의 푸른 초원과 장대한 아르차 협곡은 신의 선물인가
말 달리자, 심약한 겁쟁이가 아니라면 아테아스[4]의 희망은 나의 것
말 달리자, 바람을 가르며 태양이 지지 않는 우리의 고토를 향해…

타탄족의 현자이고 카이의 명수인 쿤니나오모는 그렇듯 어둠 속으로 사라져 갔다.


등 뒤에서 아이의 소리가 났다.

"아버지 이거 드세요."

돌아보니 아이가 카라반 사라이에서 산 모양인지 손에 피라시게[5]를 들고 있었다. 아이는 피라시게를 내밀었고 받아서 한 입 먹어 보니 맛이 괜찮았다. 저만치에서 파무체카가 이쪽을 향해 환하게 미소 짓고 있었다. 근래에 볼 수 없었던 밝은 모습이어서 덩달아

・・・・・
4) 스키타이의 왕.
5) 감자와 밀가루로 만든 전병.

기뻐 피라시게가 더욱 맛있었다.


　소올란사 성내에서 자주 눈에 띄는 것은 갑주 차림에 병장기를 지닌 군인들이었다. 그러나 긴장된 분위기는 느낄 수 없었다. 다년간 전쟁이 없는 평화의 시대이기 때문이었다. 여정에 필요한 물품을 사기 위해 장터로 향했다. 장터는 작은 규모였지만 제법 사람들로 북적거렸다. 수염이 더부룩한 이국적 용모의 서역 상인 네댓이 피륙전에 내걸린 알록달록한 양탄자를 사기 위해 흥정을 벌이는가 하면, 옥수수와 밀, 수수 등의 곡물을 파는 싸전과, 사과와 포도, 수박, 석류 등을 수북이 쌓아 놓고 파는 과일 좌대에 사람들이 몰렸고, 한편의 좌대엔 인근 강에서 잡은 각종 물고기들이 사람들의 시선을 끌며 팔리기를 기다리고 있었다.

　빈터에 있는 말뚝에 말과 낙타를 맨 뒤 아이 더러 지키라고 하고선 파무체카와 함께 필요한 물품을 살 요량에서 가게들이 있는 곳으로 걸음 했다. 그리고 약간의 과일과 생필품을 사서 돌아오니 그새 의원의 표식인 홍백의 깃발 때문인지 나이 지긋한 한 노년인이 그들을 기다리고 있었다. 노년인은 수심이 짙은 얼굴로 '장을 보러 나온 성 주민인데 하나뿐인 아들이 원인 모를 병을 앓고 있으니 진료를 해 주면 사례를 하겠다'는 의사를 표명했다. 언제나 그랬듯 승낙은 했지만 치료하기 힘든 병이 아니길 마음속으로 빌 뿐이었다.

노년인을 따라 간 곳은 강변에 있는 어촌 마을이었다. 20여 호쯤 되는 가옥들은 대부분 갈대로 지붕을 엮고 진흙으로 벽을 쌓은 둥근 담집이었는데 고만고만한 집들 중에 노년인의 집이 비교적 컸다.

집 마당에서 편백나무 조각으로 향연을 피운 뒤 아들의 방에 들어가니 아들은 침상에 누운 채 의원을 맞을 만큼 몹시 쇠약해 있었다. 노년인이 아들을 부축해 일으키려는 것을 만류하고선 노년인에게 아들의 병세에 대해 물으니 '석 달 전서부터 두통과 구토를 동반한 병을 앓게 되었다'는 대답이었다. 문진과 병행해 맥을 짚고, 혀와 입안은 물론 동공의 형태와 맑기와 얼굴색까지 세세히 살폈다. 쉽게 나을 수 없는 병이라는 판단이 들었다. 아비인 노년인에게 손짓해 함께 방을 나왔다.

"쉽게 나을 병이 아닌 것 같습니다."

"몇 달 전만 해도 며느리의 배 위에서 더운 김을 내뿜으며 손자를 만들던 생때같은 내 자식이었는데……. 의원님! 원인이라도 알면 한이 없겠습니다."

"아마도 민물고기에 숙주하는 병균이 아드님의 뇌에 침습한 것 같습니다. 뇌병은 드문 병이라 치료재도 변변한 것이 없어 안타깝습니다."

노년인은 못내 침통해 했지만 그렇다고 달리 위로해 줄 말이 없었다. 병자의 고통을 덜어주기 위해 파무체카에게 살충 작용을 하는 빈량과 남과자와 원기를 돕는 감송향과 진경에 효과가 있는 민들레 뿌리와 사리풀 등으로 약재를 짓도록 일렀다.

의원이 마을에 왔다는 소식이 퍼져 진료를 받고자 하는 마을민이 하나 둘씩 찾아와 하루를 더 마을에 머물렀고 진료의 대가로 얼마간의 은전과 스무 마리쯤 되는 말린 생선을 얻었다. 말린 생선은 여정 길에 좋은 간식거리가 될 것이다.

안드라와 대월지간의 접경을 이루고 있는 강을 도선을 이용해 건너자 선착장에 있던 대월지의 수비 병사들이 우르르 몰려와 장창으로 앞을 막았다. 대월지의 재상이 발행한 통행증을 보여 주자 창을 거두고 길을 터 주었지만 왠지 분위기가 심상치 않았다. 주민들이 사는 성내에 와서야 그 이유를 알 수 있었다. 군사요충지이자 동서 교역로인 이곳 나린을 차지하기 위해 대월지의 유력 일족들인 귀상가와 수나가가 벌이는 쟁투 때문이었다. 쟁투는 지금도 계속될 뿐만 아니라 내전과 다름없을 정도로 치열해 사상자가 많이 발생했다. 그에 따라 민심 또한 흉흉했다. 길을 가는 도중에도 불에 타고 파괴된 집들을 심심찮게 보았고 인적이 뜸한 가운데 주인을 잃은 비쩍 마른 개들이 횡행하는 모습에서 내전의 실상을 짐작케 했다. 내전 지역을 벗어나 한시바삐 카불로 가야 한다는 생각에서 길을 재촉했다. 카불은 귀상가가 지배하는 성읍인데 그 귀상가의 수장이 바로 대월지의 재상인 차도위이었다. 옴마나스가 수년 전 전투 중에 입은 차도위의 머리 부상을 치료해준 적이 있어 그 인연으로 옴마나스는 그와 친소관계를 맺고 있었다.

꼬박 닷새가 걸려 '통우니'라고 불리는 한 산역 관문에 이르니 카불이 먼 윤곽으로 보였다. 반나절이면 카불에 닿을 수 있는 거리였다. 그간 내전지역을 지나느라 꽤나 사위스러웠는데 밝은 햇살에 감싸인 카불의 정경을 보자 그렇게 반가울 수가 없었다. 샘이 있는 곳에서 한동안 쉬었다. 말과 낙타에게 물과 먹이를 준 뒤 뜨거운 차이와 육포와 건과일 등으로 요기를 하면서 마음 편히 피로를 다스렸다.

카불은 도성인 발흐에 버금가는 큰 성읍이었다. 성 중심가는 각종 산물을 실은 수레나 마필, 행인들로 번잡스러웠고 집들도 하나같이 크고 번듯하였다. 회칠이 된 벽면에 각종 색상의 그림이나 문양을 그려 넣어 아름답게 장식한 것도 외방인들의 눈길을 끌기에 충분했다. 그뿐만 아니었다. 동서남북으로 곧게 뻗은 대로엔 상록의 가로수가 빠짐없이 심어져 있어 싱그럽기도 하려니와 그늘자리는 앉을 수 있도록 평석을 놓아 사람과 마필, 낙타 등이 함께 쉬어 갈 수 있도록 꾸며져 있었다. 풍요와 여유로움이 느껴지는 카불의 단면이었다. 옴마나스 일행은 카불에서 며칠을 묵으며 원기를 되찾은 후 발흐로 떠나기로 하였다. 힌두쿠시 산맥을 넘어야 하는 험고한 여정 때문이었다.

그로부터 열흘 후 옴마나스는 발흐에 도착했다. 집을 떠난 지 석달여 만이다. 의원 겸 주거로 사용하는 집은 별 이상 없이 잘 관리되어 있었다. 집을 관리한 키쿠의 수고가 컸다. 옴마나스는 키쿠에게 그간의 수고를 치하했지만 그것만으로 부족해 이 미덥고 성실한토하리족 청년이 제 발로 떠나지 않는 한 오래도록 곁에 두겠다고속으로 다짐했다. 그러나 조만간 이곳 생활을 정리하고 소그드의북단, 사이트 밀로 갈 예정이어서 미안한 마음이 드는 건 어쩔 수없는 일이었다.

집에 온 지 며칠이 지나 환자를 진료하기 위해 의원을 여는 한편파무체카를 시켜 차도위를 예방하고 싶다는 기별을 재상가에 넣었는데 이튿날 오전 재상가에서 방문해도 좋다는 연락이 왔다. 차도위의 측근 시종으로부터 전해 온 소식이었다. 그날 오후, 옴마나스는 환자 진료를 파무체카에게 맡긴 다음 의관과 복장을 갖추고서아들인 도데와 함께 재상가가 있는 궁성으로 향했다.

궁성은 내성 가운데에 자리한 성채인데 견고하고 높다란 담이 둘러쳐진데다 항시 무장 병사들이 안팎으로 순찰을 돌 만큼 방호가엄중했다. 내부로 통하는 출입문은 단 한 곳뿐이며 그마저도 마차

한 대가 겨우 드나 들 수 있는 좁은 문이지만 문을 지키는 경비 병사는 족히 수십 명에 달했다. 경비 병사들은 저마다 색상이 다른 홍, 청, 흑, 백, 노란 복색을 하고 있는바, 이는 궁성 내에 거주하는 5대가를 개별적으로 나타내는 표식이며 경비 병사들은 이들 5대가에 속한 사병이라고 할 수 있었다. 그런데 이번에 보니 무슨 연고인지 수나가 소속인 푸른 복색의 경비 병사들의 모습은 일절 볼 수 없었다. 나린을 두고 귀상가와 벌린 쟁투의 여파라면 차후 5대가 간의 분란이 재연되리라는 것은 불을 보듯 뻔했다.

옴마나스는 문밖에서 한참을 기다리고서야 아들과 함께 내부로 들어 갈 수 있었다. 붉은 복색의 두 명의 경비병들이 앞과 뒤에서 호위를 하며 안내를 했다.

재상가에 당도해서도 홍의 차림의 시녀들에 의해 다시금 안내된 곳은 차도위가 외부인을 접견하는 한 방이었다. 은은한 유향 냄새가 감도는 접견실은 아담하고 소여하였지만 바닥에 화려한 무늬의 페르시아 융단이 깔렸고 탁자와 의자들은 모두 흑단목인데, 테두리에 금은과 루비, 호박 등 값진 보석들로 장식돼 있어 이 집 주인이 왕에 버금가는 신분임을 일깨워 주는 것 같았다. 궁성엔 분명 사파드 비제스라는 왕이 있으나 그는 명목상의 왕일 뿐 권력은 5대가가 쥐고 있었다. 그 5대가 중에서도 귀상가의 권세가 제일이었다.

옴마나스는 이 접견실에서 차도위를 여러 차례 만난 적이 있어

낯설지는 않았지만 아들인 도데는 부자연스러운지 두리번거렸다. 옴마나스가 그런 아들의 손을 가만히 쥐었다. 그리고 귀엣말을 했다. "귀한 분이 오실 텐데 오시면 일어나서 정중히 절을 해야 한다." 도데가 고개를 끄덕였다.

접견실 밖의 잘 가꾸어진 정원에 눈길을 주고 있을 쯤 내부와 연결된 문 뒤편에서 어린 여자 아이의 재잘거림이 들려왔다. 그리고 문이 열렸다. 화사한 붉은 비단 복색에 둥근 관모를 쓴 차도위가 예닐곱 살로 짐작되는 예쁘게 생긴 여자 아이의 손을 잡고 접견실에 들어왔다. 곧 이어서 화복 차림에 자존이 넘쳐나는 한 장년인도 뒤따라 들어왔다. 장년인은 옴마나스에게 가볍게 눈인사를 했다. 면식이 있는 차도위의 차남인 구취각이었다. 구취각은 차도위가 두 번째 부인에게서 얻은 아들이지만 차도위가 장남을 제치고 긴요한 국사를 의논할 만큼 편애하고 있었다. 구취각이 용모가 출중하고 지략이 뛰어난 탓이겠지만 구취각이 도량이 넓고 따르는 이가 많다는 것도 부친의 신임을 받는 까닭일 수 있었다.

옴마나스가 아들과 나란히 허리를 숙여 예를 표하자 차도위가 입가에 미소를 머금었다.

"그래, 약재 수집은 많이 하셨소? 역참을 통해 선생의 동향을 두어 차례 보고는 받았소만, 아무튼 건강한 모습을 뵈니 반가운 마음이오."

"모두가 재상님 덕분입니다. 재상님께서도 날로 정정하시니 이 나라의 복됨이 아닐 수 없습니다."

"정정한 것은 이 늙은 몸뚱이에 대한 욕심을 버렸기 때문이오. 곁의 아이는 선생의 자제인가 보오?"

"예, 그렇습니다. 천우신조로 만난 아들이라 재상님의 성안을 뵙도록 하고 싶었습니다."

"그래요, 아이가 참 영민하게 생겼구려. 나를 보고자 하는 또 다른 연유가 있으신지요?"

"예, 그렇습니다. 이번 출행에서 원하는 약재를 수집하지 못했습니다. 염치없는 부탁이지만 재상님께서 윤허를 해주신다면 약재를 구하기 위해 다시 북쪽으로 가 볼 생각입니다."

"그거야 내 윤허가 필요한 일이 아니잖소. 통행증이 필요하다면 옆의 태정관이 발부해 줄 것이니 염려할 일이 아닙니다. 단지 유능한 의사인 선생께서 너무 오래 자리를 비우면 백성들이 병환에 시달릴 것이니 그게 걱정 됩니다."

"심려를 끼쳐 송구할 따름입니다. 최단 기간 다녀오도록 하겠습니다."

"참! 나도 선생께 부탁을 할 게 있어요."

그 말끝에 차도위가 고개를 돌려 아들인 구취각에게 눈길을 주자 구취각이 자리에서 슬며시 일어났다. 부자간에 사전 약속이라도 있는 듯 보였다. 그가 옴마나스에게 묵례를 하고선 자리를 뜰 쯤 차도 위의 손녀딸로 보이는 여자 아이도 구취각을 따라 나가려는 몸짓을 했다. 차도위가 옴마나스에게 넌지시 말했다.

"아이들이 갑갑해 하니 내보내도록 합시다."

그 말이 있자 구취각이 여자 아이는 물론 옴마나스의 아들인 도데까지 데리고 접견실을 나갔다.

"선생의 자제는 집안 시녀들이 돌볼 것이니 염려하지 않아도 됩니다. 좀 전의 아이는 내 손녀인데 태정관의 여식입니다."

이어 향기로운 차가 나왔다. 분위기가 부드러워지자 차도위의 표정도 한결 풀어졌다. 그러나 어조는 진중했다.

"선생께 부탁하고자 하는 것은 내 아들 구취각에 대한 일이오. 선생도 알다시피 나는 예순 하고도 일곱이오. 늙은 나는 머잖아 영원한 잠을 자야 할 텐데 잠자기 전에 알아보고 싶은 일이 있어요. 방금 나간 구취각의 앞날에 대해 말이오. 선생이 의원이지만 한편은 뛰어난 예언가가 아니오? 내 아들의 앞날을 점쳐 주시오."

뜻밖의 부탁이었지만 옴마나스가 대답을 망설일 만큼 어려운 일이 아니었다. 쾌히 응낙했다.

"재상님의 뜻을 받들겠습니다. 몇 시진만 기다려 주신다면 재상님께서 궁금해 하시는 바를 알려 드리겠습니다."

"부탁을 들어 주시니 감사할 따름이오. 필요한 것이나 준비할 것이 있으면 지금 말해 보오."

"조용한 방과 청수를 담을 깨끗한 대야가 필요 합니다."


목욕재계를 통해 심신을 경건히 가다듬은 옴마나스는 재상가의
뒤뜰에 있는 한 작은 방에서 사마티에 들었다. 주위는 인적이 끊겨
고즈넉했다. 청동대야에 담긴 맑은 물을 지긋이 응시하는 동안 몸
과 마음이 주위의 적막에 동화되어 종내 자아 부존의 상태에까지
이르렀다. 그때쯤 그는 주문을 음송하기 시작했다. '데커, 애니, 팔
람! 아블카, 쉬르즈 구취각, 부쌈, 다블 로스트……' 주문의 요지
는 '천지의 섭리자여! 공의를 위함이니 구취각의 미래를 보여 주소
서……'이었다. 옴마나스의 주문은 그 후 끊이지 않고 계속 되었
다. 그리고 서너 시진이 흐른 어느 순간, 청동 대야에서 번쩍하는
빛과 함께 어떤 광경이 보였다가 사라졌다. 옴마나스가 무상무념
속에서 본 것은 왕관처럼 생긴 세 개의 뿔을 지닌 붉은 소였다. 붉
은 소는 우람했고 광대한 초원을 향해 힘찬 울음을 토하고 있었다.
옴마나스의 얼굴이 희색을 띠었다. 상서로운 환시였기 때문이었
다. 그는 휴식을 취할 새도 없이 방을 나와 곧장 차도위를 찾았다.
그리고 차도위에게 자신이 체험한 환시를 말해 주고 그 풀이를 해
주었다.

"아드님인 구취각님은 장차 사방 천지를 호령하는 대왕이 되실

것입니다. 아드님이 세운 왕국은 3백 년은 갈 것입니다."

차도위는 매우 기뻐했다. 옴마나스에게 연신 치하의 말을 하면서 수고를 잊지 않겠다고 약속을 했다.

옴마나스가 아들인 도데와 더불어 궁성을 나왔을 때는 해가 기웃한 늦은 오후이었다. 평소 말수가 적은 도데이었지만 재상가에서 보낸 한나절이 꽤나 즐거웠던지 묻지도 않는데 아비인 옴마나스에게 이것저것 얘기했다.

"아버지가 안 계시는 동안 소록이와 함께 놀았어요. 소록인 여덟 살인데 예쁘고 착해요. 시녀들이 맛있는 음식을 가져 왔을 때 저 더러 많이 먹으라고 권하기도 했어요. 소록이가 제 여동생이면 좋겠어요. 소록이 아버진 태정관인데 제게 '가끔씩 이곳에 와서 소록이와 놀아도 된다'고 하시면서 금화까지 주셨어요."

그러고선 주머니에서 뭔가를 꺼내 옴마나스에게 보여 주었다. 도데의 말처럼 그건 금화였다. 그것도 세 개씩이나 되는 반짝반짝 윤이 나는 새 금화였다.

"그렇구나. 금화이구나. 도데야! 이 금화를 네게 주신 분은 장차 존귀하게 되실 분이야. 그리고 참으로 고맙기도 한 분이시지."

들떠 있는 도데 이상으로 옴마나스도 기분 좋은 하루가 아닐 수 없었다.

옴마나스가 달포 전, 발흐에서 의원 생활로 번 집과 집에 딸린 땅을 매물로 내놨는데 그 집과 땅이 팔렸다. 매각을 은밀히 하느라 제값을 받지 못했지만 별 소문 없이 집과 땅을 처분한 것으로 만족해야만 했다. 매각 대금은 이삼 일 후에 받기로 했고 매각 대금을 받는 대로 발흐를 떠날 작정이었다.

그로부터 며칠이 지난 저녁, 옴마나스는 키쿠에게 '북쪽으로 장기간 출행할 일이 생겨 의원과 땅을 팔았다는 것'과 '본의 아니게 헤어지게 되어 섭섭함을 감출 수 없다'는 말을 하면서 매각 대금으로 받은 금액 중 일부를 주려고 했다. 그러자 키쿠는 '자신도 짐작하고 있었다'면서 '그렇지만 옴마나스를 평생 모시기로 결심했으니 함께 북쪽으로 가겠다'며 돈을 거절했다. 참으로 고마운 뜻이긴 하지만 젊은 키쿠의 장래를 생각해 마음을 되돌리려고 설득했으나 그의 의지가 워낙 굳어 종내 함께 가기로 결정을 보았다. 사람간의 정은 쉽게 들지만 그러나 그 정은 쉽게 떨칠 수 없는 모양인지 키쿠를 형처럼 따르던 도데가 키쿠가 함께 간다는 사실에 무척이나 기뻐했다.


어스름한 새벽, 네 필의 말과 세 마리의 낙타와 더불어 발흐의 성문을 나와 묵묵히 길을 가는 사람들이 있었다. 먼 소고드의 북쪽 사이트 밀로 향하는 옴마나스 일행이었다. 발흐를 떠나는 저마다의 감회는 다르겠지만 10여 년을 정을 붙이고 산 곳이어서 마음이 애연(哀然)한 건 마찬가지였다. 더욱이 키쿠는 이곳 발흐에 부모가 있고 고향과 다름없어서 다른 이들보다 슬픔이 더했다. 그러나 그는 옴마나스에게 의술을 익힌 뒤 다시 발흐에 오리라는 다짐을 하며 애써 슬픔을 감내했다.

해가 떠오르는 아침이 되자 일행들은 잠시 쉬었다. 산들에 가려 도성인 발흐의 모습은 볼 수 없었으나 사람들은 의식적으로 그쪽을 쳐다보며 몇 마디 말을 주고받곤 하였다 이른 아침에 마시는 뜨거운 차이가 참으로 향기로웠다. 옴마나스는 이 오래고 익숙한, 어쩌면 함께하는 이들의 체취와 다름없는 이 차이의 향처럼 모두의 마음이 한결 같기를 기원했다.

해가 중천인 정오 무렵, 길이 북쪽과 서쪽으로 나눠지는 갈래 길에 음식을 파는 사라이가 있어 옴마나스 일행은 가던 길을 멈추고 식사를 했다. 음식은 고기와 야채로 속을 채운 교자였다. 식사를 충족히 한 후 일행은 북쪽 길을 택해 다시 길을 갔다. 길은 산 아래로 나 있는 탁 트인 평로였다. 길을 가는 중에 인가는 물론 군병들이 둔진하는 성채가 보였고, 낙타나 노새에 짐을 지운 상인들이 지나다녀 불안하고 소연한 노정이 아니어서 좋았다. 길은 대월지의 국경인 카르시와 연결되어 있었다.

며칠 후 옴마나스 일행은 대월지와 국가 연합체인 페르카나가 경계로 정한 카르시에 당도했다. 그리고 그날 페르카나를 통행하기 위해 입국수속을 밟는 한편 남는 시간은 그곳 장터에 들려 약재를 구하거나 휴식을 취하면서 보냈다.

입국 허락은 카르시에 온지 이틀 만에 떨어졌다. 다음날 일행은 행장을 꾸려 페르카나의 영역으로 들어갔다. 향후 일정은 케슈와 사마르칸트를 거쳐 키질쿰 사막의 동쪽에 있는 붉은 사암의 고읍 오트라르로 가는 것이었다. 이후 탈라스 사막을 우회하여 이식카호로 흘러드는 추강 상류에 당도하는 것이 여정의 최종이었다. 옴마나스의 고국인 사이트 밀은 추강 유역과 남 킵차크의 사리샤간 사이에 위치했다. 한때 사이트 밀은 동쪽은 천산의 탈티코르간, 남쪽은 탈라스와 이식카호에 이르기까지 영역을 넓힌 강성한 국가였으나 옴마나스의 부친이었던 대장군 타르칸느가 북방 백색족과의 전투에서 전사한 뒤 국력이 차츰 쇠퇴하였다.

늦봄인가 했는데 어느새 초하였다. 샤슈를 하루거리에 둔 시르강에 다다르니 강변은 온통 꽃밭이었다. 활짝 핀 푸른 엉겅퀴와 노란 민들레, 붉고 흰 양귀비꽃이 한데 얼려 바람에 하늘거리는 모습이란, 탄성을 절로 자아내는 황홀한 풍경이어서 아이는 물론 어른들의 마음을 뺏기에 충분했다. 그렇잖아도 숙박을 위해 유르타를 설치해야 할 해거름인 탓에 모두는 느긋하니 현란한 꽃밭을 바라보며 여정의 피로를 씻을 수 있었다.

평소 땐 밀과 보리 등의 곡식 가루를 물반죽해서 편편히 늘려 불에 익혀 말린 살구나 무화과를 곁들이면 그만인 식사였는데 꽃밭에서 맞는 저녁 식사는 특별했다. 아껴두었던 육포와 감자를 넣어 만든 스튜 때문이었다. 모두의 얼굴이 환했다. 도데가 음식을 만드는 키토를 상대로 쾌할하게 구는 것을 옴마나스가 흐뭇하니 바라봤다. 몇 알의 감자와 약간의 육포가 가져다 준 한때의 즐거움도 서서히 저무는 저녁 속으로 사위어 갔다.

샤슈를 지나 오트라르에 가까워질수록 차츰 길이 험해졌다. 큰 바위들이 군락을 이룬 석산이나 깊은 협곡으로 길이 나 있었기 때문이었다. 그나마 안심인 건 길이 넓었고 오가는 통행인들이 있다는 점이었다. 기실 샤슈에서 아랄해로 흐르는 시르강을 따라 북상하는 행로가 있었지만 여정은 수월해도 시일이 많이 걸려 내륙 쪽으로 치우친 이 길을 택한 것이었다.

나흘 후 옴마나스 일행은 오트라르에 닿았다. 모두는 오랜 여정 탓에 몸은 피곤했지만 표정들은 밝았다. 목적지가 멀지 않았다는 것과 사이트 밀 언어와 같은 소그드어를 쓰는 오트라르 사람들이 정겨워서이었다.

오트라르는 키질쿰 사막의 동쪽에 위치한 최대 성읍이었다. 초목이 무성하고 물이 풍부해 경관이 아름다웠고 농작물과 어물 등의 소산이 많아 시장은 각종 생산물로 넘쳐났다. 시르강과 연결된 물길 때문에 누리는 혜택이었다. 일행들은 오트라르에 머무는 동안 맛난 음식을 먹고 붉은 토석집 일색인 성내 이곳저곳을 구경 차 다니면서 휴식의 나날을 보냈다.

파무체카가 떠날 날을 앞두고 시장에서 타키(야생마) 잡종인 노새 한 마리와 노새가 끌 수레를 사왔다. 추강이 있는 킵차크의 고원을 횡단하는 동안 말과 낙타에게 줄 먹이와 물을 싣고 갈 요량에서이었다. 다음날에도 키토와 더불어 시장에 들려 여정에 필요한 식량이나 소용품 등을 구입했다.

떠나기 전날 밤, 옴마나스는 앞으로의 여정에 대해 이런저런 생각을 하느라 잠자리에 들지 못했다. 그런 아버지가 마음에 쓰였는지 도데가 말을 붙였다.

"아버지, 무슨 걱정거리라도 있으세요?"

"아니다. 앞으로 일정에 대해 생각 중이다. 그만 자거라."

옴마나스는 그렇듯 대꾸를 했지만 아들이 기특해 새삼스레 아들의 얼굴을 바라봤다. 늙은 아비의 자애로운 눈길이 미치자 도데의 얼굴이 홍조를 띠었다. 옴마나스는 문득 고국으로 향한 이 여정이 자신의 생애에 있어서 마지막 여정이 될지 모른다는 생각이 들어 이 기회에 도데에게 자신이 겪은 비극적 가족사를 들려주고 싶었다.

"도데야! 네게 해 줄 얘기가 있단다."

도데는 평소 아비인 옴마나스가 하는 얘기라면 무엇이든 듣기 좋아했다. 얘기를 듣고자 옴마나스에게 다가앉은 도데의 표정이 꽤나 진지했다.

옴마나스는 횃대 위의 호롱불을 응시하다가 얘기를 꺼냈다. 얘기가 쉬엄쉬엄 했다.


"……50여 년 전, 네 조부 타르칸느는 당시 성주인 베스티 파마네스를 도와 사이트 밀 왕국을 세우셨지. 그러나 왕은 권력을 독차지할 심사에서 네 조부를 뻔히 질 전쟁터로 내몰아 전사하게 했단다. 신의를 저버린 비열한 행위였지. 그뿐이랴. 간악한 왕은 네 조부가 돌아가시자 내가 헤르메스 신전에서 아나테미스와 불경한 짓을 했다고 죄를 씌워 나를 사이트 밀국에서 추방까지 하였어. 고작 18세 나이의 나를……."

"……추방당하는 날, 네 조모는 비통해 하는 내게 금과 은, 보석을 주시면서 우리와 같은 일족인 쥬신(朝鮮)족이 사는 후아오챠로 가서 몸을 의탁하라고 하셨어. 그러나 그게 마지막이었어. 왕은 그 뒤 다시금 우리 집에 불을 질러 네 조모를 비롯한 가솔들을 모두 살해하는 만행을 저질렀단다. 우리의 재산을 빼앗을 목적에서이었지."

그쯤에서 옴마나스는 심정이 격한지 나직이 한숨을 쉬고 나서 다시 말을 이었다.

"······그리고 원수인 베스티 파마네스가 죽자 그의 아들인 투란바스네프가 왕이 되었고, 그 왕은 자기에게 복속치 않은 후아오챠 마을에 군대를 보내 마을민들을 닥치는 대로 살육토록 하였어. 그때 너를 낳은 네 어미 히데아도 죽임을 당했지."

옴마나스의 얘기는 그쯤에서 끝났다. 도데의 표정은 어느새 굳어 있었고 초롱초롱 하던 눈빛은 분노로 이글거렸다. '아버지 제가 그 원수를 꼭 갚을게요.' 하는 무언의 표시이자 다짐이었다.


길은 가도 가도 끝이 보이지 않는 광막한 고원으로 이어졌다. 간혹 크고 작은 구릉의 지대나 산간과 협곡이 있긴 해도 대부분 자갈과 모래로 이루어진 황무지 길이어서 삭막하고 고적하기 그지없었다. 그나마 중도에 이정표와 다름없는 돌무더기 어워(서낭당)가 있어 길을 잃지 않았다.

황량한 고원을 횡단한 지 닷새 만에 초원을 보게 되었다. 하루를 더 가자 양과 염소를 방목하며 사는 투고트족(몽골족) 마을에 이르렀다. 그곳 마을에서 추강 상류까진 한나절이면 족했다.

마을은 30여 호쯤 되었다. 마을민들은 외방에서 온 옴마나스 일행에게 우호적이었고 음식과 잠잘 곳을 제공하는 친절을 베풀었다.

옴마나스가 의사라는 점과 일원인 파무체카가 자신들과 같은 족속이라는 것 때문이었다.

일행은 마을에서 하룻밤 유숙한 뒤 추강 상류에 있는 투고트족의 본거인 사래로 가기 위해 다시 말에 올랐다.

찬연한 햇살이 퍼지는 초록의 누리는 온화하고 싱그러웠다. 초원의 풀 냄새 또한 향기로워 말의 걸음이 가벼운 것 이상으로 사람들의 기분도 상쾌했다. 파무체카가 흥에 겨워 나지막이 카이를 했다. 마치 고향에 돌아왔음을 알림 하는 소리 같았다. 귀향에 들뜬 늙은 충복의 카이에 옴마나스가 미소를 지었다.

오후 무렵, 일행은 5백여 호로 이루어진 투고트족 최대 마을인 사래에 도착했다. 발흐를 떠난 지 어언 두 달여, 마침내 고단한 장행은 끝이 났다. 그러나 일행들은 기뻐하기엔 일렀다. 일행들이 사래에 정착하는 것을 원치 않는 젊은 족장의 냉담한 태도 때문이었다. 예상 밖이었다. 아주 오래전이긴 해도 옴마나스는 두 차례나 사래를 방문한 적이 있었다. 그땐 족장으로부터 환대를 받았을 뿐만 아니라 떠나지 말고 정착해 달라는 간청까지 들었는데. 그때와 다른 건 당시 족장은 이미 고인이 되었고 그 아들이 족장이 되었다는 것뿐이었다. 족장도 소년시절, 옴마나스가 사래에 와서 병자를 진료한 사실을 모를 리가 없을 텐데 이렇듯 냉대하는 까닭을 알 수가 없었다.

불쾌하고 분한 심정이지만 발길을 되돌릴 수 없는 노릇이었다. 그래서 옴마나스는 파무체카 더러 오트라르에서 산 질 좋은 시르락(양탄자)을 족장에게 선물로 전하게 한 뒤 다시 한 번 정주를 부탁케 했다. 하지만 돌아 온 대답은 역시 거절이었다. 단지 파무체카만이 정주해도 좋다는 것과 나머지 사람들은 얼마간 머물게 해 준다는 것이었다. 일행은 하는 수 없이 마을 초입에 유르타를 쳐놓고서 족장의 마음을 되돌릴 방안을 강구하는 처지가 됐다.

옴마나스 일행이 사래에 왔다는 소문이 난 모양인지 하루가 지난 늦은 오후에 한 손님이 일행을 찾아 왔다. 옴마나스도 면식이 있는 여성 샤먼인 초물래이었다. 초물래는 일흔을 넘긴 노파였어도 사래 제일의 샤먼이라는 평판을 들을 만큼이나 총기와 기억력이 대단했다.

그녀는 옴마나스를 단번에 알아봤음은 물론 예전 옴마나스가 지은 카이까지도 몇 소절 들려주며 일행에게 친의를 나타냈다. 족장으로부터 정착을 거절당해 난감해 하던 일행에게 있어선 그야말로 더없이 반가운 진인이었고 우군인 셈이었다. 초물래는 그 자리에서 옴마나스 일행을 자신의 당집으로 초대하였다. 그리고 일행의 정주를 위해 족장을 설득해 보겠노라는 의사를 내비쳐 모두를 감격케 했다.

이틀 후 옴마나스는 일행과 더불어 초물래의 당집을 방문했다. 당집은 두송나무들이 심어진 마을 둔덕에 자리해 있었다. 반 지하 형태이긴 해도 청정한 기운이 감도는 소담한 집이었다. 그런데 정작 당집에는 몇 사람의 선객들이 와 있었다. 마을 원로들이었다. 초물래가 옴마나스 일행의 정주를 위해 미리 손을 쓴 모양이었다. 일행을 반기는 원로들의 태도에서 그런 짐작을 갖게 했다. 그리고 그 원로들은 옴마나스를 기억하고 있을 뿐만 아니라 옴마나스와는 비슷한 연배여서 그다지 서먹하지는 않았다. 오히려 동석해 음식과 주류를 함께하는 동안 화기애애해져 이웃과 더불어 즐기는 자리처럼 되어 버렸다.

분위기가 한껏 고조하자 사람들의 입에서 자연스럽게 카이가 흘러 나왔다. 덩달아 이어지는 카이 속에 옴마나스도 즐거운 마음에 자신의 카이로 화답을 했다. 일전에 초물래가 몇 소절 부른 그 카이였다.

축복을 받고 싶다면 흰말을 타고 오는 이에게 청하라
미래를 알고자 한다면 흰 낙타를 타고 오는 이에게 청하라
그대의 영혼은 창공을 나는 독수리처럼 자유롭고
그대의 육신은 칸투(산)의 설표인 양 강건하구나

안식과 부귀를 원하는 자여 말을 달려라
평원의 전사여 축복은 오직 그대의 것

거침없이 달려라 평원의 전사여 미래는 오직 그대의 것
축복을 받고 미래를 알고자 하는 이여 내게로 오라

그때 불쑥 당집에 나타난 사람이 있었다. 바로 사래 마을의 족장이었다. 의외였다. 그는 당집에 모인 원로들을 향해 허리를 숙여 깍듯이 예를 표했다. 옴마나스 일행의 정주를 거절할 때의 시퉁한 태도완 사뭇 다른 모습이었다. 조짐이 좋다는 느낌이 들어 옴마나스도 정중히 인사를 건넸다. 그가 옴마나스에게 활짝 웃어 보였다. 옴마나스 일행의 정주를 쾌히 허락한다는 표시였다. 옴마나스의 눈시울이 뜨거워졌다. 이제 투란 바스네프에게 복수할 일만 남았다. 옴마나스가 주먹을 불끈 쥐었다.

여흥이 파해 헤어질 무렵, 옴마나스는 초물래에 대한 감사의 뜻으로 얼마간의 돈을 주고자 했지만 초물래는 받기를 거부했다. 그녀가 지금껏 마을민들의 존경을 받고 원로들과 족장에게 영향력을 행세할 수 있는 이유를 알 것 같았다. 곧은 성품과 바른 사리 때문이 아닌가 했다. 나중 안 사실이지만 족장이 외방인을 배척하는 건 족장의 부친이 타지에서 피살된 것에 기인했다. 그 타지가 사이트밀이었다.

사래 남쪽 추강의 강변, 말을 탄 두 사람이 강물이 흘러가는 방향으로 길을 가고 있었다. 빠르게 흐르는 강물과는 달리 두 사람의 거동은 여유로워 보였다. 한동안 가던 두 사람은 강이 본류와 지류로 나눠지는 곳에 이르러 말을 멈추었다. 잠시 말 위에서 이리저리 둘러보던 두 사람은 망설임 없이 동으로 흐르는 지류를 택해 다시금 길을 갔다. 지류는 또 하나의 강과 다름없었다. 수량이 많을 뿐만 아니라 폭도 20미터 이상이어서 그러했다.

지류의 강물은 한 번의 굽이와 여러 지대를 지날수록 그 흐름이 완만해졌다. 강폭은 줄어들지 않았는데도 흐름이 느려진 것은 분지처럼 생긴 우묵한 지형 때문이었다. 지류는 얼마를 더 흐른 후 종내 흐름을 멈추었다. 호수를 방불케 하는 넓은 계류지에 다다랐기 때문이었다. 계류지에 갇힌 물은 지하로 침수되어 백리 밖에 떨어진 지표로 솟구쳐 나와 못을 이룬 뒤 넘친 못물은 남동 간으로 흘렀다. 자연의 기이였다. 두 사람은 그런 사실을 이미 알고 있는 듯했다.

계류지가 훤히 내려다보이는 언덕에 두 개의 유르타가 쳐져 있었다. 그 옆은 집을 짓는 중인지 황토로 벽을 쌓는 사람의 모습이 어른댔다. 그리고 집 뒤편에 잎이 무성한 호양나무가 하늘과 대지 사이의 아름다운 풍광으로 자리해 있었다. 말을 탄 이들이 유르타가 있는 곳으로 향해 갔다. 옴마나스와 파무체카이었다.

일몰의 시각, 옴마나스는 호양나무 아래로 찾아 들었다. 나무 그늘에서 맡는 흙냄새가 좋았고 석양으로 물든 계류지 또한 장엄한 그림이어서 이 시간이면 으레 호양나무로 걸음 했다. 나무와 어우러진 땅의 향내와 드넓은 수면의 경치에 마음이 사로잡히자 세상의 번쇄한 생각들이 머릿속을 떠났다. 안식과 평온의 한때였다. 그러나 복수를 위해 의지를 가다듬는 시간이기도 했다.

집이 다 지어지자 옴마나스는 분주해졌다. 반나절 거리인 사래를 오가며 병자를 진료하는 한편 틈틈이 지류를 거슬러 올라가 물길을 돌리기 위한 작업을 했다. 작업은 옴마나스와 파무체카, 키토가 주로 했지만 도데도 일손을 거들었다. 도데는 아비인 옴마나스로부터 비극적인 자신의 가족사를 듣고 난 뒤로 성격이 차분해지고 한결 어른스러워졌다. 전엔 시간이 나면 아버지에게 세상의 현자나 기인에 대한 얘기를 해달라고 졸랐으나 이젠 그러지 않았다. 대신 키토와 마찬가지로 자신의 아비인 옴마나스가 지닌 의술에 관심을 갖고 그 의술을 배우고자 했다.

계류지에 정착한지 석 달쯤 되었을 때 옴마나스는 사이트 밀을 잘 아는 투고트인 길잡이를 붙여 키토와 도데를 사이트 밀로 보냈다. 그쪽 사정을 알고자 함이었다. 그로부터 10여 일이 지나 키토와 도데는 무사히 돌아왔다. 들리는 소문 이상으로 전하는 소식은 어두웠다. '연전 사이트 밀을 침입한 흉노군과의 전투에서 왕의 군대가 패퇴한 이래 왕은 궁성에서 칩거할 뿐 성내에 모습을 내밀지 않고 있다는 것'과 '그로 인해 왕인 투란 바스네프가 죽었다는 소문이 돈다'는 것. '왕의 폭정과 패전으로 인해 정주민의 삶은 한층 피폐해져 사이트 밀 도성을 떠나는 정주민의 수가 날로 늘어나고 있다'는 등이었다. 그리고 키토가 덧붙여 들려준 소식은 자못 충격적이었다. '왕비인 아나테미스가 왕의 학대에 못 이겨 북쪽 망루에서 뛰어 내려 자살을 했는데 불과 몇 달 전 일이라는 것'이었다.

아이를 낳지 못한다는 이유로 아나테미스가 학대를 받고 있다는 얘기는 오래전에 들은 바 있지만 막상 그녀의 죽음을 접하자 옴마나스는 비통한 심정을 가눌 수 없었다. 그러나 내색을 할 수는 없었다.

그날 밤 늦은 시각, 호양나무 아래에서 소리 죽여 우는 사람이 있었다. 옴마나스이었다. 아나테미스에 대한 그리움과 연민이 그를 울게 했다.


그로부터 1년여의 세월이 흘렀다. 계류지로 흘러드는 물길을 돌리는 데 걸린 시간이기도 했다. 물길이 막히자 계류지의 물은 하루가 다르게 줄어들더니 사흘이 못 돼 물이 완전히 빠졌다. 물이 빠진 계류지 가운데에 큰 구멍 여러 개가 밝은 햇살에 드러났다. 그걸 본 네 사람은 서로 얼싸 안고 기쁨을 나눴다.

보름 후 사래에 다녀온 파무체카가 시름시름 앓더니 끝내 자리에서 일어나지 못하고 숨을 거뒀다. 물길을 돌리느라 애쓴 노역 탓이었다. 죽음을 맞은 파무체카를 앞에 두고 옴마나스는 슬픔에 잠겨 하염없이 눈물을 쏟았다. 세상을 떠돌며 40여 성상을 함께한 충직한 파무체카는 집 뒤편 호양나무 아래에 묻혔다. 파무체카가 예전 귀향의 즐거움에 들떠 흥얼거리던 카이를 옴마나스는 잊지 않고 헌송했다.

까작의 초원에서 투고트의 전사를 보았는가
야만타우르 산정에서 사이론을 보았는가
사르디스 왕국은 영화로운 우리의 본향
아! 어서 가자구나 푸른 희망에 심장이 뛰누나

이심의 강가에서 하얀 새떼를 보았는가
킵차크의 초원에서 분출하는 태양을 보았는가
사르디스 왕국은 영원한 우리의 본향
어서 말을 달리자 옛 여인이 우릴 기다린다

파무체카의 장례가 끝난 며칠 후 옴마나스는 여정에 나섰다. 이미 계획했던 일이었다. 키토가 동행했고 사래의 족장이 붙여준 젊은 투고트인 두 명도 함께했다. 목적지는 먼 남동 간에 있는 사이트 밀의 도성이었다.

길을 간 지 이틀 만에 검은 암석과 황갈색의 억센 풀들로 이루어진 불모지대에 당도했다. 사이트 밀의 영역이었다. 국경을 지키는 병사들은 볼 수 없었다.

사람과 가축이 다닌 행로를 좇아 하루를 더 가자 수목이 무성한 큰 규모의 오아시스를 만났다. 그곳엔 사람들이 있었다. 오아시스에 상주하는 일단의 병사들이었다. 그들은 옴마나스 일행을 보고도 별 다른 관심을 보이지 않았다. 오히려 관심을 보이지 않는 것이 마음 편한 일이었으나 병사들은 하나같이 수심이 가득한 표정들이어서 무슨 근심거리라도 있는 상 싶었다. 그 이유는 단순했다. 얼마 전까지만 해도 오아시스를 적시던 샘의 물이 현저히 고갈되었기 때문이었다. 아닌 게 아니라 오아시스 중심에 있는 넓은 샘은 깊은 바닥이 훤히 보일 정도로 물이 줄어 있었고, 말라붙은 물이끼만이 한때 가득했던 샘의 흔적으로 가장자리에 테를 두르고 있었다.

옴마나스는 그 광경을 보곤 속으로 쾌재를 했다. 그리고 아주 오래전, 사이트 밀 왕국에 전염병이 돌아 망하게 할 목적에서 병들어 죽은 동물과 사람의 시체를 가져와 사이트 밀의 수원인 이곳 샘에 투척하였다는 것과, 그렇게 하고도 별 효과가 없자 사이트 밀 성내로 가는 지하 수로에 천남성과 유도화, 부자 등의 독초 액을 풀었다는 사실까지 상기하곤 씁쓰레한 미소를 지었다. 일행은 곧 그곳을 떠났다.

다음 날 해질녘, 옴마나스 일행은 사이트 밀 도성에 도착했다. 거사를 위한 입성이었다. 일행은 곧장 시장으로 향했다. 지난번 키토와 도데가 묵었던 객사가 그곳에 있어 그 객사에 묵을 심사에서이었다. 객사의 주인은 일행을 반겼다. 손님이 없어 방이 대부분 텅 빈 데다 키토가 숙박비를 후하게 지불한 것을 기억하고 있었기 때문이었다. 옴마나스는 값을 치를 때 자신들을 투고트 상인들이라고 소개하는 것을 잊지 않았다.

일행들은 저녁 식사 후 다시 시장을 찾았다. 필요한 용품 몇 가지와 성 주민들의 일상복인 몸에 두루는 흰 면포를 사기 위해서이었다. 숙소에 돌아 와 시장에서 산 면포를 적당한 길이로 잘라 이곳 주민들처럼 어깨에서 무릎까지 두르자 영락없는 성 주민으로 탈바꿈했다. 그렇지만 상하가 따로이고 활동하기 편한 투고트 옷과 달리 몸에 휘감듯 둘려야 하는 면포 옷은 어색하고 부자연스러웠다. 남의 이목을 피하기 위해선 어쩔 수 없이 감내해야 할 불편이었다.

날이 밝자 옴마나스는 일행과 더불어 궁궐이 있는 중심가로 걸음했다. 거리는 크고 작은 건물들이 잇댄 옛 모습을 하고 있지만 인적이 뜸하고 한산한 것이 그때와는 사뭇 달랐다. 옴마나스가 젊은 시절, 알고 있는 이 거리는 늘 행인과 우마차, 생산물을 실은 짐수레들로 붐벼 사이트 밀 번성의 표징처럼 보였는데 이제는 아니라는 생각이 들었다. 사람들이 떠나고 활기를 잃은 사이트 밀, 쇠멸로 접어들었다는 증좌였다.

궁궐 맞은편에 있는 한 석조 거택 앞에서 옴마나스는 걸음을 멈쳤다. 왕의 방화로 집이 소실되고 자신의 온 가족이 참화를 입은 바로 그 집터이었다. 옴마나스는 그 옛날 참혹하게 돌아가신 어머니를 생각하자 비분을 금할 수 없었다. 더욱이 왕이나 왕족만이 가능한 흰 석재로 웅려하게 지었다는 것에 그의 비분은 극에 달했다. 그러나 건물과 주변을 한번 휘둘러보는 것만으로 별일 없다는 듯이 다시 걸음을 옮겼다. 함께 가는 사람들은 아무도 그런 옴마나스의 심경을 눈치 채지 못했다. 거사일이 삼일 앞으로 다가왔다. 거사 날엔 보름달이 뜰 것이고 거사의 시점은 그날 삼경으로 정해졌다.

궁궐의 북쪽 담벼락에 세 사람의 남자가 몸을 잔뜩 웅크린 채 귓속말을 나누고 있었다. 세 사람의 모습이 은영한 달빛에 드러나 있어도 가까운 거리가 아닌 이상 움직임이 없는 물체가 사람인 줄 식별해내기가 어려웠다. 궁궐 외곽을 순찰하는 병사들은 한 시진 간격으로 순찰을 돌았다. 그러나 들고 다니는 횃불이 되레 순라를 알리는 통에 이들이 발각될 여지는 없어 보였다.

오래지 않아 삼경을 알리는 북소리가 들려 왔다. 옴마나스가 마지막으로 키토와 젊은 투코트인에게 다짐의 말을 했다.

"지금부터 두 시진이야. 만약 사경(밤 1~3시 사이)의 북소리가 울리는 그때까지도 내가 나타나지 않으면 즉시 이곳을 떠나야 한다. 무슨 일이 있더라도 반드시 꼭 그렇게 해야 돼! 알았지?"

두 사람은 나직이 대답했다. 다른 또 한 사람의 투고트 청년은 이미 북쪽 성밖에서 그들이 타고 갈 말들과 함께 대기 중이었다. 밤늦은 시각이어서 사방 성문은 모두 닫혔어도 성밖으로 나가는 데는 어려움이 없었다. 성밖과 연결된 지하수로인 카나트를 이용할 셈이었다. 사전 답사를 통해 물이 마른 것을 확인해둔 터라 거사 후의 탈주에 대해선 염려할 일이 아니었다.

이윽고 옴마나스가 밧줄이 달린 쇠갈퀴를 담장 위로 던졌다. 그리고 팽팽한 밧줄을 잡아당기며 걸망을 맨 몸으로 담장을 올랐다. 담장에 올라선 옴마나스의 모습이 순식간에 사라졌다. 쉰을 넘긴 나이답지 않게 민첩한 몸놀림이었다. 걸망에는 한 자루의 비수와 불씨를 담은 휴대용 목기와 면실유에 적신 솜뭉치 네댓 개가 들어 있었다.

경비 병사들의 눈에 띄지 않도록 은밀한 행동거지로 어느 곳으로 향했다. 얼마 지나지 않아 곡물 등의 식품을 보관하는 창고와 그 옆의 마구간에 불길이 일었다. 경비 병사들이 여기저기서 뛰다시피 그쪽으로 몰려가는 것을 본 옴마나스가 어둠 속에서 희미하게 웃었다.

옴마나스는 다시금 궁궐에 잠입한 최종의 목적을 위해 몸을 움직였다. 백색의 정원과 헤르메스 신전 사이에 있는 왕의 침전이 그가 가야 할 곳이었다. 백색의 신전을 지날 때 그 옛날 아나테미스와 사랑을 나누던 추억이 머리를 스쳤지만 원수의 투란 바스네프의 모습이 뒤따르자 황급히 머리를 저어 회상을 떨쳤다.

마침내 옴마나스는 경비 병사들의 눈을 피해 왕의 침전에 이를 수 있었다. 궁궐 내부를 잊지 않고 기억해 둔 것이 큰 도움이 되었다. 그러나 옴마나스는 그 행운을 신의 가호로 돌리며 신에 대한 감사의 주문을 왰다. 사자 석상 뒤에 숨어서 기회를 엿보는 순간이기도 하였다. 침전을 지키는 병사는 두 명이었다. 침소에도 병사가 있을 테지만 침전 앞을 밝히는 장명등이 희미한 것이 다행이었다. 더 다행인 건 창고와 마구간이 있는 쪽에서 이는 화염이 여전했고 말 울음소리와 뒤섞인 병사들의 고함소리도 점점 크게 들린다는 사실이다.

옴마나스는 몸을 낮춰 침전의 뒤로 돌아가 남은 기름 솜뭉치를 이용해 외벽에 불을 붙였다. 침전 뒤 외벽에 불길이 일자 두 명의 병사가 그 불길에 유인돼 자리를 떴다. 그 틈을 타서 옴마나스는 재빨리 침전으로 들어갔다. 손에 든 비수를 힘 있게 쥐었다. 병사 한 명이 창을 내려놓고 앉은 채 졸고 있는 모습이 보였다. 발소리를 죽여 다가가 순간적으로 입을 막음과 동시에 목을 찔렀다. 윽! 하는 비명은 낮고 짧았다. 왕의 침소 앞이었다. 침소의 문을 살며시 열었다. 왕은 밖이 소란스러웠는지 상채를 반쯤 일으킨 모습으로 침입자를 맞았다. 실내를 밝히는 머리등에 비춰진 왕은 늙고 추한 몰골이었으나 투란 바스네프가 분명했다. 옴마나스는 즉각 그에게 달려들었다. 그리고 멱을 움켜잡고 눌렀다. 그제야 투란 바스네프는 상대를 알아 봤는지 놀람의 눈빛으로 몸을 떨었다.

"나는 대장군 타르칸느의 아들, 옴마나스다. 나를 알아보겠느냐?"

왕이 눈을 껌벅거렸다. 옴마나스는 즉각 왕의 가슴에 비수를 내리 꽂았다. 불시에 당하는 일이어서 그런지 단말마의 비명은 크지 않았다. 그리고 거듭해서 왕의 가슴에 비수를 내리 찔렀다. 침전 밖에서 병사들이 내는 소리가 귀에 확연했다. 머뭇거릴 때가 아니었다. 침전의 쪽문으로 급히 나와 어둠 속으로 몸을 감추었다.

원수를 갚아 기뻐하면서도 한시바삐 일행들이 기다리는 성밖으로 가야 한다는 일념에서 지금껏 조심성을 잊은 것이 화근이었다. 옴마나스는 담을 넘던 그곳으로 돌아와 밧줄을 사용해 다시 궁궐 밖으로 나올 수 있었다. 그러나 화재 진압을 위해 출동한 군사들의 눈에 띄어 그만 쫓기는 몸이 되고 말았다. 북쪽 성벽 근처에서이었다. 카나트로 갈 수 없게 돼 부득이 가까운 성벽으로 도피할 수밖에 없었다. 자신을 쫓는 군사들의 숫자가 점점 늘어나고 그들의 득의에 찬 모습이 횃불을 통해 언뜻언뜻 비쳐질 쯤 옴마나스는 위기감을 느꼈다. 쫓기고 몰려 탈주할 길이 막막했다. 바삐 달리다 보니 숨이 턱에 찼고 걸음이 그지없이 무거웠다. 그때 성벽 위에 솟은 망루가 눈에 띄었다. 달빛에 감싸인 망루는 고적하지만 왠지 자신을 숨겨줄 수 있을 것 같았다. 다급한 걸음이 그 자신을 망루로 인도했다. 아나테미스가 투신한 그 망루였다. 숱한 군사의 무리가 곧 뒤따라 망루에 들이닥쳐 겹겹으로 막아섰다. 그리고 잠시 후 망루 꼭대기에서 누군가가 몸을 날렸다.

킵차크의 갈바람을 맞으며 고원 길을 가는 두 사람이 있었다. 키토와 도데였다. 2년 전 옴마나스와 파무체카와 함께 왔던 길이었는데 이제 둘뿐이었다. 도데에게 위안이 되는 건 키토가 자신을 돌봐준다는 사실이었다. 파무체카가 아비인 옴마나스를 돌보고 섬긴 것처럼. 두 사람이 향하는 곳은 발흐였다.

그로부터 수년의 세월이 흘렀다. 키토는 발흐에서 의원을 열어 그의 바람대로 병자를 치료하는 의사가 되었다. 그리고 훗날 명의로서 이름을 떨쳤다. 도데는 구취각의 양아들이 되었다가 나중 신생 왕조를 연 구취각의 부마가 되었다. 구취각이 금지옥엽 하는 소록과 결혼한 까닭이었다. 구취각인 쿠줄라 카드피세스가 세운 나라는 남으로는 빈디아 산맥에서 바라나시에 이르고 북으로는 카슈가르, 야르칸드, 호탄과 접했으며 서로는 페르샤, 파르티아와 경계를 이루었다. 쿠샨 대왕국이었다.

사이트 밀은 왕이었던 투란 바스네프가 죽고 난 후 급격히 쇠락해 사람이 살지 않는 황폐한 성읍으로 변했다. 그리고 오랜 세월이 흐른 뒤 모래 바람에 함몰돼 세인들의 입에서 전해지는 옛 얘기로 남았다. 한때 킵차크 남부 고원에 번성했던 한 도시 국가가 있었노라고.

# 어둠 속에서

# 어둠 속에서

나는 살아 있다. 눈을 감고 있어도 의식은 뚜
렷하다. 몸은 움직여지지만 탄더미에 파묻혀 있어 답답하고 부자연
스럽다. 그나마 얼굴부분은 파묻히지 않아 숨을 쉬는 데 별 지장이
없다. 하지만 간헐적으로 오른쪽 옆구리가 쑤신다. 통증은 견딜 만
해도 지속적인 것을 보면 늑골 부위가 상했으리라는 짐작이 든다.
통증은 얼굴에서도 감지된다. 괴탄에 찢겼는지 왼쪽 뺨 언저리가
못내 쓰리고 아프다. 목이 마르다. 진작 갈증을 느끼고 있던 터다.
입안에서 서걱이는 탄가루를 우선 뱉어야 하는데도 그럴 엄두가 나
지 않는다. 마치 근육이완제를 맞고 각성 상태인 것처럼 무기력하
기 짝이 없다. 문득 죽음과 관련한 생각이 떠올랐다. 의식이 흐려지

고 몸이 차가워지고 호흡까지 멎는다면 그건 곧 죽음을 의미한다. 죽음? 죽는다는 건 상상조차 하기 싫어 단박 생각을 지웠다.

처한 현실이 너무 암담해 살아 있다는 것이 조금도 기쁘지 않다. 그렇다고 절망에 겨워 비통해 할 수도 없다. 늘 보고 겪는 익숙한 일상에서 급변한 이 절망적 상황에 대해 구조의 길이 있는가를 궁리하여 보았다. 외부에서 구출하여 주기 전에는 결코 이 난관에서 헤어날 수가 없을 것 같다. 칠흑 같은 어둠, 그리고 고립감. 습윤한 기운 속에 떠도는 매캐한 냄새. 고통스럽기 짝이 없는 이 상황에서 한시바삐 벗어나야 할 텐데. 견디기가 너무 힘들다. 지금의 이 현실이 꿈이면 좋으련만 정말 꿈이었으면…….

그지없이 적막하다. 모든 것이 멈춰서고 절멸한 듯 느껴진다. 시공까지도. 작은 무엇이 사르락대는 소리가 머리 위쪽에서 들려왔다. 희미하지만 펜촉으로 종이에 글을 쓰는 소리 같기도 하고 곱등이나 설설이 같은 벌레가 움직일 때 나는 소리 같기도 하다. 환청일까. 소리에 신경이 쓰여 손을 귀로 가져가려 했다. 탄에 묻혀 있던 한쪽 팔이 치켜들어졌다. 무심결에 한 행동이었어도 팔을 움직였다는 사실을 깨닫곤 스스로에 기꺼워서 탄가루로 얼룩진 입가와 눈매에 여린 미소를 피웠다.

고양된 마음도 그때뿐이었다. 모래와 같은 미세한 탄 알갱이가 위에서 이따금 떨어지는 것임을 알고 머리를 쳐든 정도로 움쭉했을 뿐인데 옆구리가 뜨끔하고 결렸다. 아픔은 한순간이었지만 느낌이 좋지 않았다. 다친 부위가 예사롭지 않다는 생각에서 마음이 한층 착잡했다.

아프고 낙담이 된다 해서 마냥 맥 놓고 있을 수만 없었다. 좀 더 천천하고 조심스럽게 몸을 움직여야만 했다. 우선 자유로운 한쪽 손을 이용해 상체를 누르고 있는 탄더미부터 걷어냈다. 그리고 어깨에 이르기까지 푹 파묻힌 다른 한 팔을 빼내기 위해 그 주변을 헤집듯 팠다. 팔이 빠졌다. 사뭇 틀어진 상태로 있은 때문인지 무감각하고 저리기까지 했으나 손을 쥐락펴락하고 주물기를 거듭하자 감각이 되살아났다.

두 팔이 자유로워진 만큼 움직이기가 한결 용이했다. 뒤스르듯하여 상체를 일으켜 세우고서 탄 속에 묻힌 허리께를 손으로 파재졌다. 다리 하나가 빠지자 남은 다리도 쉬이 탄구덩에서 빠져 나왔다. 몸 전체가 노출되었다. 홀가분한 마음에서 '자라탄이기 망정이지 죽탄인 동암탄이었다면 꼼짝없이 죽었을지 몰라.' 하고 방일에 젖었지만 붕괴된 갱 속에서 홀로 버둥대고 있는 신세가 새삼스러워 한숨이 나왔다.

상의 윗주머니에 든 성냥으로 불을 켜 주변을 살펴보려다 말고 팔을 뻗쳐 위를 더듬어 보았다. 아무것도 잡히지 않는 허공이었다. 짐작으로는 일어서도 머리가 닿지 않을 것 같았다. 숨을 쉴 수 있는 공간이 확보됐다는 생각에서 안도는 되어도 성냥불을 켜기가 주저되었다. 갱이 붕괴되어 출구가 막힌 것을 보게 될까 두려웠기 때문이었다. 그러나 주저한다고 해서 처한 현실을 모면할 수 없다는 생각에서 결국 성냥을 꺼내 불을 밝혔다. 성냥불은 어둠을 밝히며 이삼 초쯤 빛을 발하다 꺼졌다. 그 순간은 둘레를 설핏 보는 정도여서 몇 차례 더 성냥불을 켜 주변을 살펴보았다. 외압에 못 이겨 기우뚱해진 동발과 금방이라도 무너질 듯 그 위에 위태하게 얽힌 몇 개의 솔장이 겨우 운신할 수 있는 협소한 공간을 만들어 내 생명을 지탱케 한다는 사실을 목도하곤 망연자실했다. 예상했던 것보다 훨씬 심각한 상황이었다. 하편에 이르는 갱 전체가 무너져 내린 것 같았다. 주변은 온통 보다(폐석)와 시커먼 흙더미가 들어 차 있어 어디가 안쪽이고 어디가 출구쪽인지 가늠하기조차 어려웠다. 도리 없이 생매장 당할 처지에 놓였다. 어둡고 불길한 생각들이 새롭게 일어 가슴을 더욱 무겁게 짓눌렀다. 죽음에 대한 공포가 차츰 몰려왔다.

으슬으슬 한기가 드는가 싶더니 몸이 떨리기까지 하였다. 공포감 때문이라는 판단에서 몸을 한껏 웅크린 채 억지로라도 이런저런 생각들을 떠올려야 했다. 두서없는 생각들 속에 사치스러운 걱정이기도 한 왼쪽 뺨에 난 생채기에 매달렸다.

'괴탄에 찢겼다면 푸른 물이 든 문신처럼 평생 남을 텐데……. 아직은 광부의 상장을 부끄럽게 여길 나이가 아닌가.' 2년 전 서울로 전학을 갔던 명옥이가 다시 돌아온다는 소식을 듣고 잘 보일 마음에서 입술 언저리에 난 버짐을 없애고자 치약을 며칠 내내 바르기까지 하지 않았던가. '또래의 여학생들에게서 얼굴이 잘생겼다는 말을 들을 적마다 속으로 우쭐하고 자랑스러웠는데…….' '지금 얼굴을 걱정할 처지인가 살아나지 못한다면 망념일 뿐이고 의식의 낭비일 텐데.' '의식의 낭비……?'

뺨의 난 생채기 걱정이 종내 상념의 물꼬를 텄다. 그나마 떨리던 몸이 진정되는 듯 했다. 의식은 산 자의 특권이고 그 작용을 통하여 살아있음을 증명하는 일인데 의식의 낭비라니? 느낌, 욕구, 걱정 이것 모두가 의식이라고 할 수 있을까. 그럼 마음은 무엇인가. 의식을 지배하고 영혼을 상위에 둔 중간층이라고 단정 짓기도 불분명하다. 마음은 의지에서 일깨워지고 의지는 의식에서 비롯된다면 차등도, 구분 짓기도 어렵지 않은가. 그렇다면 의식과 마음과 의지는 삼원적 성립이고 복합적 일체가 아닌가. 마치 기다려 온 내 차례다 하는 식으로 제멋대로 솟구치는 생각들은 왜 발현하며 그 생각들을 분석하고 제거하는 선용적 역할은 무엇이 하는 걸까. 이성인가. 이성은 또 무엇인가. '살기 위한 방도를 강구해야지' 하고 자각케 하는 것이 이성이라면, 공연하고 부질없는 생채기 걱정을 떠올려 생각이든 의식이든 낭비를 초래케 하는 연유와 그 기저를 어떻게 봐야 하나. 넓은 의미의 정신적 작용이고, 그 작용이 생명 활동과 관련된 불가분적 요소라면 내가 나를 상대로 상념의 효용 여부를 가린다는 게 우습지 않은가.

지금 나는 자유롭고 감각도 온전하다. 조금 춥긴 해도 몸이 차가워졌다고는 볼 수 없다. 무엇보다도 호흡하는 데 지장을 받거나 힘들다고 느끼지 않는다. 의식과 감각을 통해 판단하고 분석하는 것은 전적으로 내 몫이다. 나는 살아 있다.

잠깐 잠이 들었나 보다 깨어나 보니 여전히 캄캄하고 음습한 공간에 갇혀 있는 내 자신을 쉽게 발견한다. 시간이 얼마나 흘렀고 밤인지 낮인지도 알 길이 없다. 입안이 바싹 말라 있다. 물을 마시고 싶다는 욕구가 절절하다. 배고픔 또한 그에 못잖은 욕구로 나를 닦

달하고 괴롭힌다. '하편 갱 간이 쉼터에서 보리밥이 가득 든 항고가 나를 기다리며 뒹굴고 있을 테지.' '반찬은 언제나처럼 무짠지와 고추장과 마른 멸치일 테고…….' 사실 고추장과 마른 멸치는 쉽게 맛볼 수 없는 고급 반찬이어서 기대일 뿐이다. 간이 쉼터는 연장과 도구 등을 보관하는 갱 내 창고이며 내 나름으로 칭하는 말이다. '아! 두부와 김치를 넣고 끓인 라면을 실컷 먹었으면…….' 그러나 안타깝게도 지금 내 몸을 위해서 내가 해 줄 수 있는 게 아무것도 없다. 갈증과 배고픔의 끝이 어디이며 어떻게 종식될지 불안스럽기만 하다.

이럴 때 간데라가 있으면 좋으련만, 허리춤에 찼으면 분명 있을 텐데 어떻게 된 것일까. 폭약을 장전할 때 거치적거린다고 떼어 놓은 것이 아닐까. 폭약 장전을 끝낸 직후를 생각해 보자. 하 2편 채굴 갱에서 남은 폭약과 도화선을 챙기고 있을 때 오 감독이 늘 그랬듯 '부리 오코시!!' '부리 오코시!!'(마른천둥 후 싸락눈이 내린다는 일본 관서 지방의 격언) 하고 발파를 알리며 하편 갱쪽으로 사라졌고, 나는 뒤처리를 하느라 그 소리를 흘려들었지. 발파를 깨달고 급한 마음에 가까운 사갱으로 냅다 뛰었지만 굉음과 함께 천장과 벽체가 무너졌고……. 일에 열중하느라 잠시 정신 줄을 놓은 것이 불찰이었어. 아냐 전적으로 오 감독 책임이야. 오 감독이 폭약을 과다

장전하는 바람에 오발파가 일어났고 그래서 갱이 붕락된 거야. 그렇지만 이제 와서 오 감독에게 책임이 있다 한들 무슨 소용이 있겠어. 내가 당장 죽게 됐는데. 간데라는 채굴 갱에 놔둔 것 같았다.

따지고 보면 이렇게 된 것은 다 배고픔 때문이다. 얼마 전까지 역두에 자리한 매탄업자조합 사무실에서 사환으로 일했으나 한달 월급이라고 해봤자 쌀, 예닐곱 되 값에 지나지 않았다. 그 돈으로는 보름 살기도 힘들었다. 그렇다보니 보리차를 끓이고 남은 찌꺼기로 배고픔을 달랠 만치 늘 허기졌다. 물론 불어 터진 보리차 찌꺼기는 맛도 영양가도 없을지라도 물배를 채우기보단 낫지 않은가. 끼니 잇기도 어려운 형편에 방을 얻을 여유가 있을리 없다. 잠자리도 사무실일 수밖에 없었다. 그나마 나의 처지를 헤아려 주는 때문인지 조합장과 두 명의 직원 중 그 누구도 내가 사무실에서 기숙하는 것에 대해 입에 담지 않았다. 고마운 일이긴 해도 배를 곯아 가면서까지 희망 없는 사환 일을 계속할 수 없어 탄광 일을 하게 되었지만 분철보다 못한 모작하는 사람들에게 얽힌 것이 불운이라면 불운이라고 할 수 있다. 모작은 몇 사람이 어울려 능력껏 탄을 캐서 그 이익을 나눠 가지는 일종의 도급형태인데 광업소로부터 채굴권을 사거나 하청을 받아 채탄을 하는 덕대나 분철의 아래 단계여서 영세할 뿐만 아니라 작업환경도 열악하기 짝이 없다. 쌀 몇 가마만 있으면 누구나 모작 오야지를 할 수 있다는 말이 횡행하는 것도 실속 없이 허울만 좋다는 연유에서이다. 대개 현장 사정이 좋지 않거나 채산성이 나쁜 갱이 모작으로 주어지기 때문에 오야지나 일꾼 막론하고 억척스럽게 일을 하는 것이 불문가지로 여긴다. 곧 채탄 실적이 노임의 몫과 직결되니 탄을 캐는 데만 급급할 수밖에 없고 자연 안전이 도외시되어 낙반이나 매몰 같은 광산 사고가 일어날 소지가 높다고 하겠다.

내 나이 열일곱, 후산부가 되어 갱일을 하기엔 아직 어린 나이라고 할 수 있다. 검정 탄복에 무릎까지 오는 장화를 신고 벙거지 형태의 노란 헬멧에다 허리춤에 불 밝히는 가스 간데라까지 찬 광부 차림새를 하고 있어도 작은 체구와 뽀얗고 민숭한 얼굴을 보고선 누구든 내가 소년임을 알아챈다. 물론 한 사람의 광부 몫을 너끈히 해내면 체구가 작거나 나이가 어린들 그게 무슨 대수겠는가. 그러나 함께 일하는 광부들이 나더러 애송이 후산부라는 뜻의 '새끼 아다무끼'라고 부르는 것에서 알 수 있듯이 갱일을 하기엔 경험이나 근력이 요령부득이어서 그로 말미암은 고충이 이만저만 아니다. 더욱이 굴진에 소용되는 동발이나 들보 같은 갱목을 나르거나 광차에 탄을 퍼 담는 각삽질은 체력이 좋은 어른 광부들도 헉헉대는 판에 체력이 약한 미성숙자가 그런 일을 한다는 것이 얼마나 힘든지는 상상이 가는 일일 것이다.

체력이 약한 나를 어른 광부들은 모른 척 두고 보지 않았다. 언제부터인가 갱목 운반이나 삽질을 시키는 대신 힘이 덜 드는 갱도 보수 작업이나 광차를 모는 일을 주로 하게 하였다. 그들의 눈엔 내가 아직 부모 슬하에서 세상 모르고 자랄 소년으로 비쳐졌거나 혹은 아버지를 광산 사고로 여의고 하나뿐인 여동생을 먼 친척집에 맡긴 오갈 데 없는 한 소년의 처지를 동정하는 마음에서 그랬는지 모를 일이었다.

근자에는 모작 오야지 중 한 사람인 오 감독 조수 겸으로 따라 다니며 화약 발파작업을 거들고 있어 일이 한결 편하다고 여기고 있었는데 이런 지경에 처하게 될 줄이야. 불현듯 예사로이 여겼던 일상의 모습들이 잊고 지낸 그리움처럼 머릿속에 떠올랐다.

'상장광업소에서 울려 나오는 경쾌한 콰이강 마치가 아침을 열라치면 소적했던 큰길은 어느새 삼삼오오 무리지어 일터로 향하는 사람들로 메어지고, 그들이 분출하는 시끌한 활기는 건강한 소망처럼 거리에 떠돌고, 새삼스럽지도 경이롭지도 않아도 가슴에 와 닿는 미더운 풍경인 것을⋯⋯. '해가 기웃한 저녁이면 도단과 루핑으로 지붕을 얹은 다닥한 집들에선 하나 둘씩 밥 짓는 연기가 피어오르고, 고등어를 굽는 냄새가 골목을 휘감아 퍼질 때쯤, 길가 공터에서 뛰노는 아이들의 떠들썩함도 어느새 잦아들고……'

그다지 시간이 오래지 않은 것 같은데 꽤나 세월이 흐른 듯 하고 바깥에 존재하는 모든 것들이 정답게만 느껴졌다. 밝은 햇살에 감싸인 거리를 누비며 친구들의 얼굴을 다시 볼 수 있다면 얼마나 좋을까. 꼭 구출되어야 할 텐데. 열심히 돈을 벌어 순영이를 뒷바라지해야 할 텐데. 단 하나의 혈육으로 남은 여동생에게 생각이 미치자 눈시울이 시큰해졌다. 결국 눈물을 쏟았다. 바깥에선 지금 무엇을 하고 있을까. 내가 갱 속에 매몰되어 죽은 것으로 지레 짐작하고 손을 놓고 있는 것이 아닐까. 오 감독은 무얼하나. 오 감독을 만나지 않았다면 이런 변고를 겪지 않았을 터인데……. 돈을 많이 벌 수 있다는 오 감독의 꼬드김도 넘어가 후산부가 된 것이 못내 후회가 되었다.

후산부가 된 것은 오 감독과의 만남 때문이었다. 밤늦은 시각, 술집들이 잇대어 있는 역 앞 큰길가에 짐 꾸러미 모양 군드러져 있는 취객을 보고 차마 지나칠 수 없어 깨워서 거처에 데려다 준 것이 계기였다. 취객은 인근 탄광에서 화약 발파 일을 하는 광부였다. 갱내에서 화약을 다루는 광부를 가리켜 통상 성씨 뒤에 감독이니 주임이니 하는 직함을 붙여 불렀다. 일반 광부들과 달리 직급이 높다는 의미이기도 하다. 취객은 서른 후반으로 짐작되었다. 작달막한 체구에 얼굴이 각지고 눈매가 다소 사나워 보였지만 그다지 나쁜 인상은 들지 않았다. 그는 당시 두 사람과 동업하고 있는 모작 오야지였는데 성이 나와 같은 오씨라는 사실만으로 친근감을 갖게 됐다. 그도 이심전심이었는지 저더러 아저씨라고 부르라면서 얼마간의 돈을 막무가내로 쥐어 주며 인정 있게 굴었다. 나중 누구에게서나 돈푼깨나 있는 듯 행세하는 것이 그의 처세라는 것을 알고선 광산업자라서 그러려니 하였지만 허세가 심하고 결점이 많은 사람으로 단정 짓지 않을 수 없었다.

결점과 관련해서 하는 말이지만 그는 술집과 매음굴인 대밭촌을 전전하면서 자신과 놀아 주는 여자들에게 번 돈의 대부분을 썼다. 독신임을 감안하고 갱 속에 들어 가 떡(폭약) 몇 개만 터트리면 돈이 생긴다고 하더라도 지나친 면이 없지 않았다. 쉬는 날 없이 탄을 캐도 고깃국 한번 먹기 어려운 동료 광부들을 봐서라도 정도껏 해야 할 텐데, 정도껏은 고사하고 줄곧 술 냄새를 풍기며 요정에서 술 마신 얘기나 작부와 놀아 난 것을 자랑삼으니 누구 하나 좋게 볼 리 만무했다. 그뿐이랴. 그는 때론 자신이 일본에서 고등교육을 받았고 철학자 칸트의 명구를 변형한 '친구 사귐은 수단이 아니라 목적이어야 한다.'거나 또는 '친구 사귐은 목적이 아닌 수단이어야 한다.'고 떠벌이며 유식한 척 하는데. 일본에서 고등교육을 받은 것이 아니라 일본 중서부 이시카와현 어딘가에서 게잡이 어부를 했다는 광부들의 수군거림을 진작 들은 바 있어 그의 허랑된 면모를 두고 조소거리로 삼는 건 당연하다고 하겠다.

이렇듯 오 감독을 형편없는 인간으로 까발리는 데는 그럴 만한 이유가 있다. 그가 화약 발파 일을 한다는 점 때문이다. 그것도 과량의 화약으로 일거에 많은 탄을 캐고자 하는 그의 망욕을 문제 삼자는 취지에서이다. 그에게 있어서 망욕은 향락에 쓰일 돈을 의미한다. 그리고 그 돈이 그의 손에 쥐어지는 순간 그의 머릿속엔 온통 술집 작부나 대밭촌의 논다니와 놀아나는 상상으로 가득할 것이다. 욕망 충족을 위해 무가치하게 낭비되는 돈, 그러나 그 돈이 벌어지는 이면에는 애꿎은 광부들의 생명을 담보하고 있다는 점에서 그의 행각을 한 개인의 작태쯤으로만 치부할 수 없다는 것이다.

과량의 발파를 통상 오발파라고 한다. 채탄을 하기 위해서 폭약(다이너마이트)을 규정 이상으로 과도하게 사용해 발파를 한다는 것인데 자칫 갱내 사고를 일으킬 위험천만한 일이라 하겠다. 갱내 사고는 대부분 낙반이나 폭발에 의한 인명 사고라고 할 수 있다. 나의 아버지도 일년 전 마흔 초반의 나이에 갱내 사고로 목숨을 잃었다. 오발파가 주 원인이라고 할 수 있었다. 아버지는 속칭 케이빙 사끼야마로 불리는 막장털이 광부였다. 갱 막장의 탄을 털어먹듯 마지막으로 채탄한다고 해서 막장털이라고 하는바, 벽면이나 천반을 지탱하는 동발이나 들보가 없다 보니 채탄은 수월할지 몰라도 작은 진동에도 낙반사고가 일어날 만큼 늘 위험이 도사렸다. 아버지는 화약 발파로 생긴 진동으로 무너져 내린 토석에 파묻혀 숨졌다. 석공이나 탄좌 같은 큰 광구에 소속된 광부였으면 속히 구출되어 목숨을 건질 수 있었을 텐데 개인이 하는 덕대여서 구출이 늦어질 수밖에 없었다. 그나마 다행인 것은 시신을 찾을 수 있었다는 점이다. 물론 사고 발생 후 보름만이지만 운수가 사나우면 죽어서도 지상으로 나오지 못하고 사고를 당한 그 자리가 곧 자신의 무덤이 되는데 말이다.

인명이 매몰되는 큰 사고가 나면 탄좌나 광업소와 달리 분철이나 모작 등의 졸대기 광업주들은 구조에 나설 만한 제반 여력이 없어 갱을 폐쇄하고 달아나는 예가 종종 있었다. 분철이나 모작에 종사하는 광부들 대부분이 신분을 증명할 만한 도민증이나 가족 같은 연고자가 없다는 점도 악덕 광업주들을 도주케 하는 빌미 중의 하나였다. 당시 아버지는 딸린 식솔이 있고 도민증을 지녔어도 사망 보상금으로 쌀 다섯 가마에 해당하는 2만여 원을 받았으니, 신분이 불분명한 무연고의 광부가 광산사한다면 보상은커녕 변변한 장례도 기대할 수 없는 개죽음과 다름없는 일일 것이다. 설령 사고를 당한 광부가 굶주림과 헐벗음을 면해보고자 탄광촌에 들어 온 양민이 아닌, 빚쟁이에 쫓긴 야반 도주자이었거나 죄를 짓고 숨어 든 범법자일지라도 목숨만큼은 소중하고 귀한 법인데, 이렇듯 인명이 경시되고 허투루 다루어지니 용납되어서는 안 될 무도한 행태가 아닐 수 없다.

지금 나는 오 감독을 증오한다. 청천하늘에 날벼락이 있다면 그에게 내리쳐 즉사하기를 바란다. 향락에 소용될 비용을 위해 오발파를 일삼는 그를 단죄하지 않는다면 계속해서 낙반사나 폭발사를 당하는 억울한 희생자가 나오기 때문이다. 내가 지금 갇혀 있는 태백골 땅속만 해도 개미굴 마냥 어지러이 갱도가 뚫려 있는 판국에 인근의 연화산이나 상운동, 멀리의 추전이나 두문동에 있는 갱도까지 합치면 그 많은 갱도에서 오발파로 인한 인명 사고가 일어나지 않는다고 누가 보장하겠는가. 탄광촌에 들어 온 이상 이미 산목숨이 아닐 뿐더러 의당 죽을 운수여서 죽는 것이니 짐짓 모른 척 하라는 말인가. 그럴 순 없다.

그와 친해져 어느 때 화약 발파기술은 어떻게 배웠는가를 묻자 그가 주저하는 빛을 보이다가 다른 사람에게 발설치 말라고 당부하고선 얘기해 주었다. 자기는 원래 이현상의 소백산 부대원이었고 발을 다쳐 낙오를 하는 바람에 어쩌다 태백 광산촌까지 흘러들어 왔다는 것과, 폭약 다루는 법은 소백산 부대원 시절에 배웠다는 거였다. 그러고선 이 얘기를 절대 발설치 말라고 거듭 엄명했다. 빨치산 출신이라고 해서 다 나쁘다고 할 수 없을 것이다. 또한 오 감독이 석공 같은 굴지의 광업소에서 불법 유출된 화약을 구입해 굴진이나 채탄시에 사용한다고 해서 공공연히 죄를 물을 수는 없을 것이다. 다만 그가 돈벌이에 눈이 멀어 과량의 화약으로 오발파를 한다는 것이 문제이며, 그로 인해 다치거나 생죽음 당한 사람들이 상당수라는 점에서 그는 응분의 처벌을 받아야 하고 마땅히 단죄되어야 한다는 것이다.

갈증과 배고픔을 잊기 위해 상념보다는 잠을 청하는 편이 나았다. 그것도 간헐적이고 잠깐 동안이었지만 잠든 순간만큼은 현실의 고통을 잊을 수 있었다. 그리고 깨어 있는 동안은 나를 구하려는 외부 움직임을 포착할 요량에서 줄곧 귀를 세웠으나 시간이 흐를수록 소용없는 짓처럼 돼 버렸다. 어느 땐 하편 갱쪽에서 나의 동료들이 몰려 와 무너진 갱을 파헤치고 나를 구하는 꿈을 꾸고선 옆구리가 걸리는데도 고함을 지르고 악을 버럭버럭 썼으나 한낱 부질없는 절규이고 비명일 뿐이었다.

의식이 흐릿한 가운데 소스라치는 일이 잦았다 환청 때문이었다. 갈증이나 배고픔은 이제 무던한 고통에 지나지 않았다. 기실 한사발의 물과 먹을거리를 떠올린다는 것조차가 허탈감만 더할 뿐이고 상념의 효용이라는 측면에선 호사였다. 예전 아버지와 나, 순영이가 함께 출렁다리가 있는 앞산 개울가로 나들이 간 적이 있었다. 그 광경이 머릿속에 떠올랐다. 꿈속인지 현시의 회상인지는 분간이 되지 않지만 주변 정경과 식구들의 모습은 선연했다. 산여치 울음이 시원하게 들리는 여름날이었다. 검은 색 태피터 천으로 된 새 남방을 입은 아버진 멋져 보였고 우리 남매를 어우르는 눈길엔 자애로움과 흐뭇함이 넘쳐 났다. 순영이 역시 무엇이 그리도 즐거운지 아버지와 나를 상대로 응석을 부리며 해맑고 천진한 웃음을 뿌려댔다. 나도 덩달아 기쁘고 신나 거리낌 없이 떠들며 유쾌히 굴었다. 아! 오붓하고 단란했던 그 시절로 돌아갈 수만 있다면 얼마나 좋을까. 아버지와 순영이가 너무나 보고 싶었다. 울컥 울음이 솟구쳤다. 그러나 눈물이 나오지 않았다. 그리움에 복받쳐 통곡을 해도 눈물이 나오지 않는 나는 사람일 수 없었다. 내가 이제 귀신이 되려는가.

나의 눈에 띈 것은 하편 갱 입구에 핀 구절초였다. 비록 보기도 역겹고 냄새마저 고약한 희묽한 가스 똥(카바이드 용해물) 주변에 피었어도 구절초는 언제 보아도 말쑥하고 소박한 느낌을 자아냈다. 구절초는 보는 시간과 거리에 따라 그 모습과 느낌이 달랐다. 이슬을 머금은 아침나절에 보면 함초롬하고, 무리지어 핀 모습을 보면 소담스럽고, 멀찍이서 볼 양이면 바람에 하늘거리는 것이 흐트러진 하얀 반점들을 연상케 했다. 마음이 평온하니 산을 내려가는 걸음도 가벼웠다. 저 아래 화사한 햇살에 잠겨 있는 올망졸망한 집들이 아늑한 풍경으로 눈에 들어 왔다. 태백골 초입에 있는 동네였다.

추전과 태백골로 나눠지는 삼거리에 '화정'이라는 상호의 약국이 있다. 약국을 운영하는 주인은 이마 한가운데가 혹처럼 불거져 나온 특징을 지녔는데, 중년의 나이임에도 깍둑머리를 하고 있고 얼굴색도 거무죽죽해서 점잖고 말쑥한 약사의 이미지와는 거리가 멀었다. 게다가 가죽점퍼와 가죽 반장화 차림에 오토바이를 즐겨 타고 다니니 건달로 간주하는 사람이 있는 것도 무리가 아니었다. 성이 황씨인바, 우리는 통상 그를 황 사장, 혹은 황 대포로 불렀다. 그가 내가 속한 하편 모작 갱의 오야지 중의 하나였고 실질적인 물주라고 할 수 있었다.

나는 지금 그의 약국 앞에서 한참을 서성이고 있다. 그를 만나고 자 하는 목적에서이다. 그러나 어디론가 피했는지 코빼기도 볼 수 없다. 그의 부인인지 모르겠지만 남색 치마에 흰 블라우스를 입은 뚱뚱한 여자가 약국을 열어 손님을 받고 있고, 또 그가 애용하는 오 토바이도 약국 뒷마당에 놓였는데 말이다. 점심 무렵 화약 발파 직 후 갱이 붕괴되었다는 소식과 그에 따른 피해 상황을 인지했을 터 인데 원청 사무실과 현장 고야는 물론이고 약국에도 없으니 어디로 간 것일까. 혹시 이번 사고가 매몰자가 다수 발생한 큰 사고여서 잠 적해버린 것일까. 아니면 어느 으슥한 술집에서 대책을 강구한답시 고 하편 항장, 오 감독 등과 얼려 술판을 벌리고 있는 것이 아닐까. 암만해도 후자 같았다. 그렇다면 나에 대해서도 의논을 할 테지 침 울한 표정과 가라앉은 목소리로 이런 말을 나눌지도 모르겠지만.

—오 군, 글마는 지금쯤 죽었을 거야.

—아냐 아직 살아 있을지 몰라.

—살아 있다손 치더라도 어쩔 도리가 없잖아. 원청에는 사갱 폐 쇄하는 이유를 적당히 둘러 대고, 오 군을 찾는 사람이 있다면 이곳 을 떴다고 하는 것이 좋겠어.

─오 군이 안됐어. 하지만 우리가 살기 위해선 그 방법밖에······.

얼마를 더 기다렸으나 황 사장이 나타날 것 같지 않아 결국 포기했다. 직접 찾아 나서기로 했다. 사실 황 사장보다는 오 감독을 찾고 싶었다. 나를 사지에 빠뜨린 책임을 물어 꼭 앙갚음을 하고 싶었기 때문이다.

나는 시내 방향으로 터벅터벅 걸었다. 걷기엔 조금 먼 시장까지 가볼 생각이었다. 사람들은 이 길을 중앙통이라고 불렀는데 항시 탄을 싣고 내닫는 제무시(GM트럭)로 말미암아 탄가루가 풀풀 날렸다. 그럼에도 누가 차지할 새라 너도 나도 도로변으로 몰려들어 자리를 잡다 보니 어느새 시가의 틀을 갖추게 되었다. 탄가루를 뒤집어 쓴 검고 추루한 집들의 군락이고 무질서와 시끄러움이 난무하는 혼돈의 거리이지만 노변의 사람들에게는 부끄럽지도, 하등 문제될 것도 없는 나름의 터전이었다.

도로변에 눌러앉은 빼곡한 집들 가운데서 술집만큼은 그냥 지나치지 않고 유심히 살폈다. 아직은 한낮이어서 그런지 문을 연 술집이 많지 않았다. 상장광업소 정문 조금 못 미친 오르막에서 문짝이 떨어져 나가고 창틀마저 부서져 을씨년스런 모습을 하고 있는 한 술집이 눈에 띄었다. 얼마 전, 팔목에 찬 가죽 밴드를 표식으로 하는 차락이 파와 목에 빨간 마후라를 두르고 다니는 홍록 파가 영역 문제로 혈투를 벌인 곳이다. 칼에 찔려 죽은 사람이 두 명이나 발생해서 광산촌이 떠들썩하리만치 큰 사건이었는데, 여전히 당시 정황을 말해주듯 흉물스럽게 방치돼 행인들의 눈길을 붙잡았다. 흡사 이 고장은 무법천지이니 알아서 처신하라는 공지와 다를 바 없었다.

상장광업소 정문을 지나 경사길이 끝나는 지점에서 걸음을 멈추었다. 일대는 나의 동네였다. 문득 눈에 익은 모퉁이 도장포와 싸전을 위시한 여타 상점과, 골목을 들고 나는 동네 사람들을 보니 하숙집에 가보고 싶었고 친구들도 만나고 싶은 마음이 간절했으나 그럴 계제가 아니라는 판단에서 마음을 접었다.

동네를 벗어나 역으로 난 길과 하천 길이 만나는 사거리에 이를 쯤, 걸음을 다시금 멈췄다. 역 쪽으로 치우친 둔덕에 외져 있는 작고 허름한 가게 때문이었다. 상호를 적시한 간판은 없어도 녹색 차양이 드리워져 있고 출입문에 붉고 큼직한 글씨로 '닭개장 전문'이라고 쓰여 있어 음식점임을 금방 알 수 있었다. 지금은 베어지고 없으나 예전 가게 앞에 버드나무가 서 있어서 '버드나무집'으로 불리는 양순이네 가게였다. 열린 문을 통해 가게 안이 드러나 보이고 큰 백솥에서 닭개장이 끓고 있는지 한길에서도 그 냄새가 맡아지는 듯 하였다. 양순이는 나의 중학교 1년 후배였다. 흰머리가 많다는 이유만으로 '백발마녀'라는 별명이 천형처럼 따라 다녀 소심하고 풀죽어 보이던 소녀였다. 집과 학교를 오가는 방향이 같아 이따금 마주치면 눈인사를 건네는 사이였는데……. 졸업 후 수중에 돈이 없어 두 끼쯤 굶은 뒤 창피를 무릅쓰고 가게에 들어 가 음식을 외상으로 달라고 했을 때 그들 모녀는 상냥한 미소까지 지으며 나의 청을 들어 주었고, 그 이래로 음식을 외상으로 먹는 일이 번번이 있었지만 단 한 번도 거절하거나 눈치를 주는 법이 없었다. 양순 어머니가 만든 닭개장은 푸짐하면서도 맛있었다. 특히 기억되는 건, 외상을 하는 날엔 여느 때와 다르게 닭고기를 듬뿍 넣어 줘서 감격으로 목이 메게 한 후덕한 아주머니이기도 하였다. 지금도 갚아야 할 외상값이 있는데…….

황 사장이나 오 감독을 찾기 위해 걸음을 떼면서도 두 모녀에 대한 고마움으로 눈시울이 뜨거워졌다. 지난날의 부끄러운 단상에서 헤어나고자 걸음을 재촉했다. 어디선가에서 애수를 자아내는 노랫소리가 들려 왔다. '낯선 타향 땅에…….'로 시작되는 〈울어라 기타줄〉이란 유행가이었다. 이 가을, 그것도 사위가 한적한 늦은 오후에 썩 어울리는 노래라는 생각이 들었다. 노래의 진원지는 인근에 있는 문화극장 같았다. 쭉 곧은 길 끄트머리에 희끗한 윤곽으로 보이는 곳이 시장이었다.


통운 사무실 옆으로 난 샛길로 접어 든 순간, 공기 중에 떠도는 시든 맨드라미꽃 향 같은 냄새가 맡아졌다. 타부 향이었다. 오 감독이 술집 기스푼이나 대밭촌 논다니를 후리기 위해 늘 몸에 뿌리는 바로 그 향수였다. 거의 동시에 길 안쪽에 자리한 색줏집 서울옥에서 격하게 내지르는 소리가 들려왔다. 음성이 귀에 익고 컸다. 몸이 절로 긴장이 되고 가슴이 뛰었다. 한달음에 서울옥에 접근했다. 미닫이로 된 출입문에 커튼이 쳐져 있어 벽면에 뚫린 작은 환기구를 통해 안을 들여다보았다. 등을 진 한 사내가 마주 한 여자에게 큰소리로 씩둑대는 장면을 볼 수 있었다. 사내는 분통 터지는 일이라도 있는지 밑도 끝도 없이 씩둑대는 중간 중간, 손으로 탁자를 내리치며 사납게 굴기까지 하였다. 그럴 적마다 탁자 위에 어질러진 술병과 안주 그릇들이 들썩거렸고, 여자는 사내의 거친 태도에 기가 죽었는지 고개를 숙인 채 잠자코 있을 뿐 이렇다 할 반응을 보이지 않았다. 사내는 내가 여태 찾아 헤매던 오 감독이 분명했다. 여자는 스물 예닐곱 살 쯤 되는 '영자'로 통하는 술집 아가씨였다. 뭇 사내들에게 술을 팔고 몸을 맡기는 기스푼이긴 해도 같은 동네에서 그 것도 이웃해 살다 보니 얼굴과 이름 정도는 알음할 수 있었다. 서울 옥에는 영자 말고도 주인 격인 마담을 포함하여 여자들이 여럿 되어도 영자가 젊고 예쁜데다 여고를 다녔다는 것 때문에 서울옥을 드나드는 사내들 치고 그녀를 탐하지 않는 사람이 없다는 얘기를 언뜻 들은 적이 있었다. 그중 오 감독이 제일 뻔질나게 드나들며 영자의 환심을 사기 위해 공을 들이고 애를 썼으리라는 짐작이 드는 것도 지금의 정황과 무관치 않다고 하겠다.

'등잔 밑이 어둡다더니……. 태백골에서 시장통, 그리고 대밭촌에 이르기까지 술집이란 술집은 죄다 살폈는데 서울옥에 있을 줄이야.' 이제 그를 찾았으니 멱살이라도 잡고 나를 구출하라고 다그쳐야 하지 않는가. 그러나 나의 의지는 행동으로 옮겨지지 않았다. 아니 행동화될 수 없다는 것이 타당했다. 나를 죽음으로 내몰고도 나 몰라라 하는 그를 응징하고자 하는 의지는 여전한데, 마음과 허울뿐인 무력자의 안간힘처럼 가시적인 행위를 유발할 수 없었다. 무슨 연유에서인지……. 그게 나의 본연이었고 한계였다. 분노를 일구어 주먹은 불끈 쥘 수 있어도 물리력을 행사할 수 없는 나는 이제 세상사를 그저 바라만 봐야 하고 어떠한 상황에도 간여할 수 없는 철저한 국외자임을 뒤늦게 깨달았다.

오 감독의 언행이 한층 행포해졌다. 몸을 일으키더니 느닷없이 탁자를 발로 차서 쓰러뜨렸고 그것도 모자라 웅크리고 있는 영자를 향해 폭언과 욕설을 거침없이 쏟아냈다.

"야! 십팔. 사람 좆은 똑같아. 누구는 기둥서방이라고 수시로 대주면서 나 하고 하는 것은 죽기보다 싫다는 거지? 이유가 뭐야? 최일랑이 때문이야? 가서 최일랑인가 뭔가 하는 놈을 불러 와. 내가 이 참에 요절을 내고 갯값을 치를 테니. 야! 쌍년아!! 내 말 안 들려."

그쯤에서야 "그만 하세요!!" 하는 소리가 주방이 있는 안쪽에서 났고 한복 차림의 마담이 종업원 두엇과 함께 모습을 내비쳤다. 오 감독의 횡포를 더 이상 두고 볼 수 없어 나선 모양 같았지만 오 감독의 험악한 눈초리가 뻗치자 나서서 제지는 못하고 "그만 하세요" 라는 말만 거듭 하면서 주춤거렸다. 그때 출입문이 덜컥 열리면서 한 남자가 가게 안으로 들어 왔다. 호리호리한 체구에 얼굴이 흰 사람이었는데 나는 단박 그를 알아 봤다. 오 감독이 입에 담았던 최일랑이었다. 최일랑은 나약하고 여성스러워 보이는 외견과는 달리 철편 모양의 기차 브레이크를 맨손으로 동강내리만치 한 괴력의 소유자였고, 사람이 들끓는 극장 맞은편에서 당수도 도장을 하고 있어 얼굴이 꽤나 알려진 사람이었다. 누가 기별한 모양이다. 분위기가 심상치 않았다. 영자에게 혹닉한 오 감독과 그녀의 기둥서방이 맞닥뜨렸으니 단순한 소동으로 끝날 것 같지 않았다. 일이 벌어져도 크게 벌어질 성 싶었다. 아니 그렇게 되기를 기대하는 심정이었다. 오 감독이 잘못되기를 바라는 마음을 지녔기 때문이다.

최 사범의 예기치 않는 출현에 오 감독이 움찔하며 당황하는 표정이 역력했다. 그러나 영자의 면전이어서 그런지 이내 눈을 부라리며 너! 너! 하는 삿대질로써 짐짓 허세를 부렸다. 그에 비해 최 사범은 오 감독을 흘끗 쳐다보는 정도로 태연자약했다. 그리고 오 감독이 안중에 없다는 듯이 성큼 한 걸음 다가섰다. 그게 싸움의 전조였다. 오 감독은 상대가 자신을 공격하는 걸로 지레 판단하고 어설프게 주먹을 날렸고, 최 사범은 기다렸다는 듯이 기민하게 대응했다. 고개를 돌려 상대의 주먹을 슬쩍 피하면서 잽싸게 상대의 정강이를 후려 찼다. 오 감독이 벌러덩 넘어졌다. 그러나 타격은 크지 않았는지 오 감독은 벌떡 일어났는데 어느새 술병을 움켜쥐고 있었다. 순간, 구석 쪽에 피신해 있던 영자가 무어라고 앙칼지게 소리쳤고, 오 감독이 그쪽으로 시선을 주는 척 하다가 급작스레 최 사범에게 달려들었다. 술병을 쳐들어 최 사범을 내리치는 것과 동시였다. 하지만 최 사범의 동작이 좀 더 빨랐다. 몸을 틀어 상대방의 공격이 허사가 되게 했을 뿐만 아니라 그 틈을 놓치지 않고 전광석화 같은 발차기로 오 감독의 명치 부분을 가격했다. 윽! 하는 낮은 신음과 함께 오 감독이 앞으로 고꾸라졌다. 삽시간의 일이었으나 그것으로 끝난 것이 아니었다. 최 사범이 바닥에 엎어진 오 감독을 재차 발로 걸어차더니 곧장 목을 짓누르듯 밟았다 오 감독은 고통스러운 듯 팔 다리를 허우적거렸지만 최 사범은 아랑곳하지 않았다. 오 감독은 잠시 만에 움직임을 멈추었다. 축 늘어져 미동조차 않는 걸 보니 숨이 끊어진 것 같았다. 예상치 못한 사태였다. 자신의 여자를 넘본다고 해서 숨통까지 끊는 최 사범의 잔혹한 성정이 두렵기도 하려니와 한편은 만용 한번 부렸다가 사람이 저렇듯 어이없이 죽는구나 하는 생각에서 마음이 씁쓰레했다.

통로 한가운데에 널부러져 있는 오 감독을 에워싸고 사람들이 수군덕거렸다.

"지서에 알려야 하잖아?"

"알리긴 뭘 알려. 쟈브들이 요새 좀 바빠? 사람 하나 뒈진 걸 갖고 알렸다고 해서 되려 역정을 낼 텐데.

"그럼 어떡하지?"

"어떡하긴, 하천가 언덕 아래에 던져 버리면 그만이지. 술 처먹고 실족사한 걸로 보겠지."

"옥자야! 문 걸어 잠가라. 기분이 찝찝해 오늘 장사하긴 글렀다."

마지막 말은 확연했는데 마담인성 싶었다. 그때 내 눈을 의심하는 일이 벌어졌다. 널부러져 있던 오 감독이 슬며시 일어나서 사람들 사이를 걸림 없이 빠져 나오는 거였다. 바닥에 널부러진 채 꼼짝 않는 오 감독이 분명 있는데도 말이다. 어느 게 진짜 오 감독인지 몰라도 꼭 분화가 이루어진 것처럼 생긴 모양과 차림새가 같은 사람이 또 하나 생겨났다. 오 감독이 밖으로 나갈 낌새를 보였다. 덩달아 나도 조급해졌다.

오 감독이 길목에 버티고 선 나를 보더니 움칫하고 그 자리에 섰다. 놀라는 기색이었으나 곧 의외라는 듯 고개를 갸우뚱했다. 평소 미심쩍거나 납득이 되지 않을 때 그가 보이는 습관이다. 내가 쏘아보는 가운데 그가 건들건들 내게로 걸어 왔다. 나에 대해 전혀 괘념치 않거나 무시하는 태도여서 기분이 영 언짢았다. 그렇지만 '본시 저런 놈이니 맞아 죽은 것 아니냐'면서 애써 언짢은 기분을 삭였다.

그런 내 심사를 아는지 모르는지 그가 다가와 내 어깨를 툭 치면서 말을 붙였다.

"오 군 맞제? 미안하게 됐다."

그러나 미안쩍어 하는 표정도 아니었고 목소리 또한 진정성이 엿보이지 않아 가식처럼 여겨졌다. 손을 뻗치면 닿는 지척에 그가 있는데도 어쩐 일인지 증오심도 분기도 일지 않았다. 단지 그를 마주하고 있다는 것이 어색하고 불편하기만 했다.

"오 군아, 나는 고향으로 가야겠다. 전에 니한테 말한 봉화로 말이야. 부모님이 반겨 주실지 모르겠지만 어쨌든 갈 수밖에 없구나."

그가 내 곁을 지나쳐 불빛이 하나 둘 점등하는 역전 쪽으로 총총히 사라졌다. 기차가 출발하려는지 기적이 연속해서 울렸다. 주위가 제법 어스름해졌다. 나 역시 가야만 했다. 그러나 막상 가려니 어디로 가야할지 갈 곳이 마땅치 않았다. 내가 갇힌 하편 사갱은 가지 않을 테지만 어디로 가야 하나. 나는 정녕 어디로 가야 하나.

단편 한국역에서
에피소드 셋

# 한국역에서 에피소드 셋

## 1. 목재소 여학생

　　심장이 뛰지 않는 차가운 영혼들이 저쪽 세상으로 가기 위해 한국역으로 꾸역꾸역 모여 들었다. 대부분 수의라고 하는 누렇거나 허연 베옷을 입은 군상들이다. 여자이거나 남자이거나 또는 늙었거나 젊었거나 간에 여타 영혼들에 대해 하등 관심 밖인 듯 표정도 없고 두리번거리지도 않는다. 그렇다 해도 곁의 영혼과 소곤소곤 얘기라도 나눌 법도 한데 누구하나 그러지 않는다. 입이 있어도 대화를 나눌 기분이 아니라는 걸 잘 안다. 슬픔 때문이라는 걸 너나없이 그렇듯 치부하는 것 같았다. 그러나 사실 역사의 영혼들은 감정이 무뎌져 슬픔을 느끼지 못한다. 그것보다는 말할 수 있는 능력이 죽음과 동시에 사라졌다는 것이 타당할지 모른다.

누구의 배웅도 없이 혈혈단신 역 대합실에 모인 영혼들, 영혼들은 자정을 넘기기 전 저쪽 세상으로 가는 열차를 타야 한다. 저세상 길은 멀지도 그렇다고 짧지도 않다. 저세상행 열차는 자정을 넘는 그 시각, 어김없이 출발한다. 그러나 영혼들은 열차를 타기 위해 서두르지도 그렇다고 늦장을 부리지 않는다. 어차피 이번 열차를 타지 못하더라도 다음 열차를 타면 그만이니 자책하거나 추궁 받을 일이 전혀 없다. 이곳 한국역 뿐만 아니라 영국역, 일본역 등에서도 마찬가지 탑승 행태이니 빈 차로 오는 저세상행의 열차를 언젠가 타면 된다는 무우한 의식이다.

세 명의 영혼들이 텅 비다시피 한 역사를 하릴없이 오간다. 방금 떠난 열차는 물론 거듭 저세상행 열차에 탑승하지 않은 영혼들이다. 그들은 역사 안의 썰렁함을 몰아내기라도 하듯 괜히 허룽대거나 뒷짐을 지고 느긋하니 걷지만 되레 공허하고 음울한 분위기를 연출한다. 그나마 몇 되지 않는, 마주치는 상대 영혼에 대해 눈길도 주지 않고 무언의 의사 표시조차 없기 때문인지 모른다. 묵묵한 가운데 마냥 서로를 외면하는 영혼들. 한 명의 남자 영혼과 두 명의 여자 영혼이다.

남자 영혼은 서른 살쯤 되는, 중키에 마른 체격이다. 그런데 얼굴에 움푹한 둥근 상창이 여럿 나 있는 것이 유별났다. 한 명의 여자 영혼은 가냘픈 몸매에 피부가 희다. 세 명의 영혼 중 가장 젊어 보인다. 젊다기보다 아직 어린 소녀 같다는 것이 적절하다. 그런데 검은 진흙 같은 것이 몸 여기저기에 묻어 있다. 그 때문에 무슨 특별한 사정이라도 있는 듯 의문을 갖게 한다. 다른 여자 영혼은 키가 훌쩍하고 수의 차림인데도 몸매가 돋보일 만큼 늘씬했다. 용모도 아리따워 연예인이라는 느낌을 지울 수 없다.

역사 안쪽, 천정 조금 못 미친 회색의 벽면에 '죽음만이 오직 진리'라고 쓴 큼지막한 가로 액자가 걸려 있다. 그리고 그 액자 아래 눈높이쯤에 '원수를 기다리며'라고 아무렇게 쓴 글이 있었고, 그 글 바로 밑에 누군가가 되받아 '벽에 낙서하지 마라! ─릴리트'라고 작은 글씨로 또박 하니 쓰여 있었다.

키가 훌쩍한 여자 영혼이 벽면에 서서 글귀와 낙서를 보고 있었다. 골몰해 있고 벌써 몇 차례나 하는 행동이어서 의아심을 자아내기에 충분했다. 무슨 연유인가. 혹시 경구성 액자 글이나 벽면의 낙서보다는 '릴리트'라는 이름 자에 대한 관심 때문이 아닐까. 릴리트? 릴리트가 누구인가. 그러고 보니 들은 기억이 난다. 신에게 쫓기다가 인류 최초로 저쪽 세상으로 간 여자라는, 그렇다면 릴리트가 저세상행 모든 역사를 관장하는 책임자로 여겨진다.

늦은 밤, 공장 문이 닫혔지만 전동기가 내는 소음은 여전히 귓전을 울린다. 완전히 가둘 수 없는 저 소란스러움에도 졸음은 예사로이 깃든다. 공장에 딸린 다락방으로 올라가 피곤한 몸을 방바닥에 누인다. 다리는 계단 아래로 떨어뜨린 채이다. 곧 클로즈업 된 여자 얼굴이 바로 눈앞에서 웃고 있다. 가위 눌림이 찾아 왔다. 어리마리한 의식에서 헤어나 가까스로 몸을 일으켰다. 여자의 얼굴은 웃음소리와 함께 다락방 천장 속으로 사라졌다. 졸음에 겨워 한두 시간만이라도 눈을 붙였으면 좋으련만, 푹 자고 싶다는 생각이 굴뚝같다.

쏴─하는 소음이 계단을 타고 들려 왔다. 누군가가 공장을 나왔다는 신호이다. 분명 나를 찾는 누구일 것이다.

공장 안은 모터와 기계 돌아가는 소리로 귀가 먹먹하다. 게다가 모터와 기계에서 발생하는 열기도 만만찮다. 그 속에서 두 명의 여공이 늘어 선 분사기를 상대로 손을 분주히 놀린다. 원사를 한창 분사하는 중인데 빠른 손놀림이 수화와 다를 바 없다.

이마에 땀이 송골송골 맺힌 순희가 나에게 무언의 손짓을 한다. 실린더를 교체해 달라는 뜻이다.

보빈에 감긴 일본산 나일론 원사는 형태가 럭비공처럼 생겼다.

그 원사 가닥을 실린더가 회전을 하면서 감는데 원사 가닥이 열 가닥이어서 가닥만큼 실린더가 소용됐다. 실린더에 실이 모두 감기면 빈 실린더로 교체해야 하며 무거운 터라 조심해서 다뤄야 했다. 분사 공정을 마친 나일론사는 도리코트나 지지미 천을 짜는 섬유공장으로 보내졌다.

원사 보빈과 실린더를 교체하는 일은 그다지 힘든 일이 아니었다. 그러나 분사기가 수십 대인데다 기계를 작동시키는 전기 닐래이나 관련 부속품의 고장이 잦아서 작업 중에 쉴 틈이 거의 없다. 그나마 분사기 앞을 떠날 수 없는 여공들과 달리 작업이 순조로울 땐 특히 야간에, 다락에 올라가 잠시 눈을 붙인다든가 밖으로 나가 탄산음료를 사 마시곤 했는데, 순전히 사장과 인척간이기에 누리는 특권이 아닐 수 없었다.

분사 공장은 한달에 두 번 쉬는, 인원이 몇 되지 않은 소규모 가내공업이었다. 배울 만한 기술도 없고 장래를 바라 볼 순 없어도 내게 있어서 숙식이 보장되고 얼마간의 돈도 벌 수 있어서 썩 나쁘지 않은 그만저만한 일터이었다.


공장일이 고된 탓에 쉬는 날이 언제나 기다려졌다. 기다리는 그 자체가 즐거움일 수 있었다. 또 다른 소소한 즐거움은 점심시간 때 인근의 사촌 누님 댁에 가는 길에 마주치는 어떤 소녀이었다. 그 소녀는 내가 지나 가는 그 시간이면 공연히 길목에서 서성거려 나와 마주치곤 했는데 늘 동생을 업고 있어서 마주침이 나완 상관없는 동생 때문인 듯 굴었다. 달덩이 같은 얼굴에 맑고 큰 눈, 조숙하게 느껴지는 그 소녀는 열여덟 애송이인 내가 감당하기는 벅찬 존재였다. 그럼에도 그녀가 나를 좋아하고 있다는 추측에서 사촌 누이 댁에 빈번히 걸음 했다.

작은 즐거움은 또 있었다. 더위와 피로에 지친 저녁 시간, 동네 가게에서 사 마시는 오렌지 맛 탄산음료였다. 목을 타고 넘어가는 달콤하고 짜릿한 그 맛에 빠져 앉은 자리에서 두세 병씩 마셔 하루 일당의 반을 허비한 적이 여러 번이었다.

그러나 무엇보다도 특별한 즐거움은 다락방의 작은 창을 통해 길 건너편 목재소에 사는 여학생의 동태를 엿보는 일이었다. 엿본다기보단 훔쳐본다는 것이 맞겠지만. 여학생은 나이와 이름은 알 수 없었어도 여고생이라는 것과 무척 예쁘다는 점을 기억에 두고 있었다.

동네 가게에서 딱 한 번 그 여학생을 가까이서 본 이래 희고 갸름한 얼굴과 얌전한 자태에 반해 밤이면 그 여학생이 사는 목재소를 바라보는 것이 습관처럼 되었다.

목재소는 도단과 함석 등으로 지어진 다소 허술한 창고 형태를 하고 있었다. 그 목재소엔 여학생 말고도 눈이 움푹하고 걸을 때 뒤

뚱거리는 난쟁이가 살았다. 키가 보통 사람들에 비해 2, 30센티쯤 작아서 모두들 그렇게 불렀다. 난쟁이는 여학생의 오빠였다. 나는 그 난쟁이 오빠가 고양이를 맨 손으로 목 졸라 죽일 정도로 성격이 포악하다는 말을 가게 주인에게서 들은 뒤론 그녀의 신변이 염려스러웠다. 그 여학생을 향한 연모가 불러일으킨 엉뚱한 마음 쓰임이었다.

여학생의 모습은 목재소 위쪽 창을 통해 가끔 비춰졌다. 여학생의 방에 난 창이었다. 여학생은 여간해서 창 가까이에서 서성이거나 창을 열고 밖을 내다보는 일이 없었다. 어쩌다 그런 모습을 보게 되면 가슴이 설렜고 괜스레 말이 많아졌다. 그럴 땐 다락방을 함께 쓰는 김 군이 "또 본 모양이군. 목재소 여학생이 그렇게 좋아?" 하고 핀잔에 가까운 놀림을 하기 일쑤였다. 김 군은 사장 사모님이 하는 신발가게 점원인데 사모님 몰래 틈틈이 신발 덴바이(전매)를 해서 번 돈으로 멋을 부리는 스무 살 청년이었다. 그 통에 다락방은 언제나 로션 냄새와 포마드 향이 가실 새가 없었다.

더위가 한풀 꺾인 8월 하순의 어느 날이었다. 낮부터 분 바람은 밤이 되자 더욱 거세졌다. 간헐적으로 비까지 흩뿌렸다. 스산한 밤이었다. 여느 때처럼 어둠 속에서 목재소의 창을 바라보았다. 창의 불은 켜진 채이었어도 어른대는 여학생의 모습은 볼 수 없었다.

창의 불이 꺼질 때까지 잠자리에 들지 않으리라는 작정으로 버티다 보니 시간이 꽤 흘렀다. 이슥한 시간, 밖은 인적이 끊겼고 차량 통행도 뜸했다. 곁에 둔 라디오에서 '누가 울어 이 한밤 잊었던 추억인가. 멀리 가버린 내 사랑은 돌아 올 길 없는데…….' 라는 유행가가 흘러 나왔다. 그때쯤 길 저편, 골목 어귀를 밝히던 구멍가게의 불빛도 꺼졌다.

여전히 목재소 창의 불은 꺼지지 않아 그만 잠자리에 들 생각으로 라디오를 껐다. 정적이 찾아 들자 방 안의 적막이 새삼스러웠다. 내일은 신발가게가 쉬는 날이라서 그런지 김 군은 오늘 밤 외박을 할 모양이었다.

차량의 불빛과 소음 때문에 잠자리에 들기 전 창을 가려야만 했다. 종이 박스를 잘라 만든 창 가리개를 집어 들었다. 그리고 가리개로 창을 가리려는, 바로 그때이었다. 창밖을 향한 무심한 눈길에 어떤 모습이 잡혔다. 목재소에서 나온 듯한 누군가가 큰 부대자루를 어깨에 메고 동천(東川)쪽으로 황급히 사라지는 것이었다. 자동차의 불빛에 힐끗 비친 모습이어서 누구인지 알 순 없었어도 수상쩍었고 괴이하기조차 했다.


며칠이 지나 동네에 여학생에 관한 얘기가 나돌았다. 목재소 여학생이 까닭 없이 실종되었다는 것과 난쟁이 오빠가 동생을 찾기 위해 여기저기 수소문하고 다닌다는 것이었다. 이런 얘기는 난쟁이 오빠가 가게 주인에게 하소연처럼 말한 것이 동네에 알려지게 되었지만 가게 주인의 말을 빌리면 여학생이 실종된 그날, 난쟁이 오빠는 큰집 제사에 가느라 목재소를 비웠다는 거였다.

실종이 길어져 열흘이 되었어도 여학생은 목재소로 돌아오지 않았다. 불이 꺼진 목재소의 창을 바라보노라면 마음이 그지없이 공허했다.

분사한 나일론사를 거래 공장에 납품하고 돌아오는 길에 가게에 잠시 들렀다. 가게 주인에게 여학생이 실종한 그날 밤 내가 목격한 바를 얘기할 생각에서이었다. 망설이다 꺼낸 내 얘기에 대해 가게 주인은 정색한 얼굴로 이렇듯 말했다.

"박 군! 그 얘기는 외부에 발설하지 마. 동네에 그 얘기가 퍼지면 공연히 동네 인심만 나빠져. 그리고 경찰에 신고한들 실종이 해결되겠어? 오히려 경찰이 너를 의심해 오라 가라 할 테고 어쩌면 유치장에 가둘지 몰라."

나는 반신반의 했다. 그리고 평소 사람 좋고 경우가 바르던 가게 주인이 달라 보였다. 가게를 나와 곧장 목재소로 걸음 했다. 길 하나를 마주한 넘어지면 코 닿는 거리였어도 목재소에 와 보긴 처음이었다. 목재소 안은 각종 널빤지와 각목, 팔레트 등이 아무렇게 널브러져 있어서 을씨년스러웠다. 여학생의 오빠인 난쟁이는 목재소에 있었다. 나는 거두절미하고 내가 목격한 바를 난쟁이에게 얘기해 주었다. 난쟁이는 매우 놀라워하면서 "말해 줘서 고맙다."는 말을 할 땐 눈물을 글썽거렸다. 나는 그때 '성격이 포악하다'는 선입견 탓에 그가 여학생의 실종에 관련된 가해자일지 모른다는 생각에서 그의 눈물이 가식처럼 느껴졌다.

이튿날 난쟁이를 앞세워 경찰이 나를 찾아왔다. 난쟁이는 미안쩍어 하면서도 나와 경찰이 나누는 얘기를 귀를 세워 빠짐없이 듣는 눈치였다.

경찰이 다녀간 뒤 조사 중이라는 소식을 난쟁이 오빠에게 들었어도 실종된 여학생의 행방은 여전히 묘연했다.


9월 중순 들어 때 이른 가을비가 이틀간 지속적으로 내렸다. 그에 따라 도심의 하천인 동천의 수위도 덩달아 높아졌다. 실종된 여학생이 시신으로 발견된 건 비가 그친 다음날이었다. 다리 위에서 채소를 팔던 사람이 하천가로 밀려 나온 부대자루를 보고 호기심에서 열어 본 것이 시신을 발견한 계기였다. 시신은 심하게 부패돼 신원을 알 수 없었지만 시신과 함께 나온 옷가지가 실종 여학생의 것이어서 신원은 이내 밝혀졌다.

엽기적인 사건이어서 곧 수사본부가 관할 파출소에 설치되었다. 언론에 연일 보도가 될 정도로 세상의 관심은 죽은 여학생에게 모아졌다. 범인을 잡는다고 형사들이 동네를 탐문하고 다녔고 난쟁이 오빠를 용의자로 몰아 혹독하게 취조하기도 하였다. 그러나 보름이 지나고 한달이 되었어도 범인은 잡히지 않았다. 사건 수사가 답보 상태에 놓이자 수사본부도 소리 소문 없이 해체되었다. 동네 사람들이 모이면 "그 여학생을 누가 그렇게 참혹하게 죽였단 말인가 그 불쌍한 것을……." 하는 동정의 말도 이젠 객쩍어 입에 올리지 않았다.

난쟁이 오빠가 매일 술로 나날을 보내고 있다고 가게 주인이 내게 말했으나 뚱한 얘기에 지나지 않았다. 여동생이 참혹하게 죽은 뒤로 목재소에서 시도 때도 없이 터져 나오는 난쟁이의 울분에 찬 고함을 귀에 익숙할 만큼 듣고 있었기 때문이었다. 참다못한 김 군이 "저게 어디 사람의 소리냐 짐승의 울부짖음이지." 할 만큼 난쟁이의 고함소리는 광인의 절규와 다름없었다.

결국 일이 벌어지고 말았다. 그날 밤 따라 난쟁이가 내지르는 괴성이 들리지 않아 단잠을 자나 싶었는데, 새벽녘 내의 바람으로 다락방에 올라 와 우리를 깨운 공장 사장에 의해 목재소에 불이 난 것을 알게 되었다.

불은 한창 목재소 전체로 번지고 있었다. 불타기 쉬운 목재가 쌓여 있어 불길은 시시각각으로 커졌고 높이 치솟는 화염은 일대를 붉게 물들였다. 몸이 절로 떨릴 만큼 두려운 광경이었다. 동네 사람

상당수가 화재 현장 주변에 나와 있었어도 화염이 너무 강해 불을 끈다는 건 엄두가 나지 않아 발만 구르는 처지였다. 그나마 다행인 건 목재소 옆이 공터여서 불이 근처 집들에 옮겨 붙지는 않았다. 난 쟁이가 보이지 않아 저 불길 속에 있을지 모른다고 생각하니 온몸에 소름이 끼쳤다. 어디선가에서 소방차의 사이렌 소리가 들려 왔다. 소방차가 온들 불을 끄기는 이미 늦은 것 같았다.

새벽녘의 화재로 목재소는 거의 타버렸다. 검은 숯덩이가 켜켜이 쌓인 터에 아직도 간간이 피어오르는 연기와 매캐하게 풍기는 냄새가 새벽의 화재를 말해주고 있었다. 경찰은 화재가 방화인지 실화인지를 조사한다고 했지만 화재가 난 지 사흘이 지나도 목재소 주인인 난쟁이의 생사는 알 수가 없었다. 만약 난쟁이가 빠져 나오지 못하고 불길 속에 있었다면 필경 목숨을 잃었을 테고 시신마저 타버려 찾을 수 없을 거라는 추측이 들었다. 목재소 가족의 연속된 비극이었다. 몇 년 전의 화재로 가족 대부분이 목숨을 잃었는데 또다시 이번 화재로 남은 가족인 난쟁이마저 목숨을 잃었으니 비극도 이만저만한 비극이 아니었다.

그로부터 두 달이 지나 나는 분사공장을 그만뒀다. 고향 시골에서 농사를 짓는 연로한 부모님을 도와 농사일을 할 심사에서이었

다. 이제 목재소 여학생에 대한 기억은 스쳐 지나간 바람처럼 잊혀
졌다. 사노라면 문득 생각날 때도 있겠지만 결코 원치 않는 회상일
것이다.


## 2. Y의 죽음


입사동기와 마찬가지로 출국동기에게 좋은 감정을 지니는 건 인
지상정일 게다. D산업 근로자로 이란 이스파한에서 함께 일했던 Y
를 김포공항 출국장에서 만났을 때 매우 반가웠다. 눈매가 고운 단
정한 자태의 여성과 함께였다. Y는 쑥스런 표정으로 자신의 약혼자
임을 밝히고 내게 소개했다.

Y의 직종은 요리사였다. 겪어 봐서 알지만 Y는 인정이 많고 선량
한 사람이었다. 내가 용접일이 고되 힘들어하면 그는 친동기간처럼
나를 격려했고, 이따금 체력을 보강하라면서 쇠고기 육회를 만들어
주곤 하였다. 그것만이 아니었다. 출국동기 중 누가 개인 사정으로
부득이 중도 귀국을 할라치면 아껴 둔 용돈을 털어 위로와 함께 건
네는 마음씨 좋은 동료이었다. Y는 이번 근무하게 될 말레이시아를
포함해 해외 근무가 두 번째이었고 나는 세 번째였다.

말레이시아 사라왁주(州) 엠.엘.엔.지 현장(빈투루)에 와서도 Y와 나
는 친하게 지냈다. 숙소도 이웃한데다 낚시를 즐겨하는 취미까지

같아 휴일이면 대부분 그와 시간을 보냈다. 나이는 Y가 나보다 한 살 위였어도 해외 취업 탕수(연수)는 내가 한 탕수 많아 친구로 어울리는 데 있어서 아무런 문제가 되지 않았다.

어느 날 저녁 Y가 나를 찾아 왔다. 표정이 어두워 무슨 고민이라도 있는 듯 했다. 매점으로 가서 맥주라도 마시며 Y의 심중을 알고자 했으나 Y는 매점 대신 가까운 바닷가로 가자며 나를 이끌었다.

바닷가에서 Y는 식당 책임자인 반장과 마찰을 빚은 얘기를 끄집어 냈다. 마찰의 요인은 근로자들에게 제공하고 남은 음식물 처리 때문이었다. Y는 손도 안 댄 남은 음식물을 현장에서 보조 일을 하는 현지인들에게 나눠 주자고 했고, 반장은 잔반과 마찬가지로 남은 음식물도 현지 양돈업자에게 넘겨야 한다는 거였다. 듣고 보니 Y의 말이 온당했지만 반장이 총무과장의 지시를 받는다는 점에서 Y에게 뜻을 굽히라고 말할 수밖에 없었다. 반장이나 총무과장에게 밉보이면 취업 연장을 보장받기 어렵다는 것도 염두에 두어서였다.

수천 명의 근로자가 거주하는 캠프는 총무과장이 캠프 전반을 관리했다. 그중 캠프 내 식당과 매점에 대해선 총무과장이 하나에서 열까지 직접 챙겼다. 사적 잇속 때문이었다. 따라서 식당이나 매점 등에 필요 물품을 납품하는 현지 업자가 총무과장과 뒷거래를 트고 상납을 하는 건 불문가지가 아닐 수 없었다. 식당에서 나오는 많은 양의 잔반과 음식물을 진씨라는 양돈업자가 독점하는 것도 그런 유착 선상이었다.

며칠 뒤 Y를 매점에서 만났지만 여전히 표정이 밝지 못했다. Y는 그날 술에 약한데도 불구하고 거듭해서 맥주병을 비웠다. 종내 그를 부축해서 숙소에 데려다 줘야 했는데 그가 느닷없이 '중도 귀국을 하겠다'고 억지소리를 해서 내 심기를 돋우었다.

내가 Y를 마지막으로 본 건 그로부터 10여 일이 지난 7월 초이었다. 한국을 떠나 온 지 5개월째로 접어든 무렵이기도 했다. 캠프에서 급히 나를 찾는다는 전갈을 받고 일을 하다 말고 캠프에 오니 식당 반장이 나를 기다리고 있었다. 반장은 나더러 '가 볼 데가 있으니 함께 가자'면서 대기 중인 승합차에 타라는 거였다. 무슨 영문인지 알 순 없었지만 서두르는 반장의 태도를 보아 예삿일은 아닌 성싶었다. 반장과 내가 차에 오르자 차는 곧 출발했다.

차가 가는 방향은 빈투루 시내였다. 30여 분 걸려 차가 당도한 곳은 빈투루에 하나 밖에 없는 병원이었다. 병원에는 이미 총무과장을 비롯한 몇 사람이 와 있었다. 총무과장은 나와 반장을 보더니 "왔어!" 하고 한마디를 던지곤 이렇다 할 말이 없었다. 묵묵한 태도만큼이나 얼굴도 굳어 있어 그에게 말을 붙일 엄두를 내지 못했다.

병원 대기실에서 얼마쯤 있으려니 흰 가운을 걸친 사람과 자색 제복의 사람이 나란히 대기실에 나타났다. 총무과장이 넌지시 일러 주어 흰 가운을 걸친 사람은 의사이고 자색 제복의 사람은 경찰임을 알았다.

총무과장이 그들과 잠시 얘기를 했고 그들이 우리를 모처로 안내했다. 반장과 나, 총무과장 외에 다른 두 사람과 함께이었다. 안내된 곳은 병원 지하에 있는 별실이었다. 별실은 텅 비다시피 한 작은 규모의 방이었다. 추운 냉기와 더불어 소독 냄새가 진동하는 그곳엔 정작 흰 천으로 덮은 시신이 탁자 위에 있었다. 그걸 보고서야 이 방이 시신 안치실임을 알았고 총무과장이 반장과 나를 부른 이유를 대략 짐작할 수 있었다.

우리에게 등을 보이고 섰던 의사와 경찰관이 몇 마디 말을 나누더니 손짓으로 우리를 시신 쪽으로 오도록 했다. 시신 곁에 죽은 사람의 것으로 보이는 옷과 구두가 있어 눈여겨보니 모두 한국산이었다.

의사가 시신을 덮은 흰 천을 벗겼다. 시신을 직접 본다는 건 섬뜩한 일이었지만 여럿인데다 마음의 준비가 되어 있어서 크게 두렵진 않았다. 그러나 그 순간 나는 정말 못 볼 것을 보고 말았다. 시신은 알몸인 채로 천정을 향해 반듯이 누워 있었다. Y이었다. 전혀 예상치 못한, 너무나 충격적인 모습이었다. 나는 그래도 미심쩍어서 가까이 가 시신의 이모저모를 살펴봤다. 비록 얼굴이 상창으로 짓이겨지고 퉁퉁 부어 있었지만 얼굴 형태와 체형, 무엇보다도 배꼽 언저리의 화상 자국으로 미뤄 보아 Y가 분명했다. 나는 다리에 힘이 풀려 그 자리에 주저앉았다. 그때서야 눈물이 솟구쳤다.

Y의 시신은 이른 아침 빈투루 근교 도로변에서 발견되었다. 그곳을 지나던 차량의 운전수가 경찰에 신고함으로써 이곳 병원에 안치될 수 있었다. 경찰이 현장에 도착했을 땐 Y는 이미 죽어 있는 상태였고 시신의 옷과 신발을 보니 한국인 근로자 같아서 캠프에 연락을 한 것이었다. 경찰은 D산업 말고도 인근 포트 4에서 항만공사를 하는 H건설에도 연락을 해서 그 회사 직원이 우리처럼 시신 확인차 병원에 왔었는데, 시신이 D산업 소속의 근로자로 판명나자 밝은 얼굴로 돌아갔다.

Y가 시신으로 발견되기 전날은 휴일이었다. 휴일이면 많은 근로자들이 음주와 쇼핑의 목적으로 빈투루 시내에 외출을 나갔는데, 전날 휴일에 빈투루 시내에 외출 나간 근로자들 중에 Y도 포함되어 있었다. 그러나 다음날 오전, 경찰의 연락을 받고 각 현장 별로 인원 파악을 해보니 오직 Y만이 소재 불명이었다. 숙소와 식당 어디에도 없던 Y, 종내 주검이 되어 우리 앞에 모습을 보일 줄은 그 누구도 예상치 못한 일이었다.

Y를 검시한 의사의 말에 의하면 Y의 직접적 사인은 끈이나 줄에 의한 목이 졸린 질식이며 쇠파이프 같은 걸로 얼굴을 짓이긴 듯한

상창은 사후에 생긴 것이라고 했다. 시신에 대한 훼손은 그것뿐만 아니었다. 신원을 알 수 없도록 하기 위함인지 시신의 열 손가락 지문을 예리한 칼로 모두 도려내기까지 했으니 그 잔인함에 치를 떨지 않을 수 없었다.

Y의 사건이 있은 뒤 캠프 외곽에 총을 든 무장 경비원들이 배치되었다. 외부 위험으로부터의 방호보다는 캠프 근로자들의 심리적 안전을 도모하기 위한 조치였다. 그러나 그보다는 하루속히 Y를 죽인 범인이 잡히는 것이 근로자들의 불안과 근심을 해소시키는 근본적 해결책이 아닐 수 없었다.

Y를 살해한 범인이 잡힌 건 Y가 살해된 지 꼭 닷새 만이었다. 범인은 전혀 뜻밖에도 양돈업자인 진씨이었다. 경찰이 Y의 시신이 발견된 그 근방에 다른 인가가 없고 양돈축사와 양돈을 하는 사람의 집만이 있다는 점에 주목해 진씨를 조사한 것이 사건 해결의 시초였다. 그는 경찰 조사에 임해 손을 심하게 떨고 횡설수설 하는 등 수상쩍은 면이 있어 경찰이 집요하게 추궁하자 마침내 자신의 범행임을 자백하였다.

범인이 잡혔다는 소식에 전 현장 근로자들이 안도를 표하고 기뻐했지만 죽은 Y를 조만간 한국으로 운구할 내게 있어선 기쁨보다는 우울함이 앞섰다. Y의 살해 사건에 식당 반장이 연루되었다는 얘기를 총무과장에게 들었기 때문이었다. 범인이 Y의 살해와 관련해 진술하는 과정에서 식당 반장이 Y를 자기 집에 데려 왔다고 발설함으로써 식당 반장이 경찰에 연행된 것에 기인했다.

식당 반장이 경찰에 연행돼 진술하기를 '자신은 휴일 오후 시내에서 Y를 우연히 만나 진씨 집(양돈축사)에 함께 간 것뿐이라면서, 양돈업자인 진씨 집에 가자고 제의한 것은 Y이며, Y가 진씨에게 할 말이 있다고 해서 집을 아는 자신이 Y를 진씨 집에 안내했다'는 거였다. 그리고 식당 반장은 '막상 진씨 집에 가 보니 진씨는 보이지 않고 진씨의 젊은 부인만 있어 그 부인과 더불어 술을 마셨는데, 나중 Y에게 그만 가자고 했지만 Y가 거부해 혼자 캠프로 돌아 왔다'고 하였다.

이에 대해 범인 진씨는 '식당반장은 Y의 살해와 무관한, 자신의 단독 범행이며 우발적인 살인'이라고 했다. 자신이 출타했다가 저녁 무렵 집에 돌아오니 아내의 방에서 다급한 비명 소리가 나서 가 봤더니 Y가 아내의 옷을 벗기고 겁탈을 하고 있어서 옆에 있는 노끈으로 Y의 목을 졸랐다는 거였다. 그리고 죽은 Y를 누가 알까 싶어 쇠파이프로 얼굴을 쑤시고 칼로 지문을 벗겼지 증오심에서 그런 짓을 한 것이 아니라고 했다.

범인 진씨의 진술이 그럼에도 신빙성이 없어 보였다. 육십이 다 된 진씨가 신체 건강한 삼십 초반의 Y를 노끈으로 쉽게 살해할 수

있느냐 하는 점과, 진씨가 식당의 남은 음식물 처리 문제로 평소 Y
에게 좋지 않은 감정을 지녔다는 점에서 그러했다. 죽은 Y는 말을
할 수 없지만 Y가 약을 탄 술을 먹고 목이 졸려 살해되지 않았나 하
는 의구심을 떨칠 수 없었다.

그러나 더욱 나를 우울하게 한 소식은 경찰이 범인 진씨에 대해
'부인의 정조를 지키기 위한 우발적인 범행으로 검찰에 송치했다'
는 것이었다. 기십만 원이면 살인 청부도 가능하고 살인을 해도 기
십만 원이면 방면될 수 있는 것이 현지 실정이니 진씨가 Y를 그렇
게 참혹하게 죽였어도 중형을 받을 가능성은 없어 보였다.


이제 캠프에서 더 이상 Y를 볼 수 없게 되었다. 캠프뿐만 아니라
우리가 낚시를 하기 위해 즐겨 찾던 엠.오.제.티 방파제와 조개껍질
을 주우며 어린 아이들 마냥 좋아라 했던 오프사이드 해변에서도
그를 볼 수 없다. 그리고 작년 겨울, 흰 눈이 펑펑 쏟아지던 이스파
한 발레이시카 벌판에서 Y와의 눈싸움도 이제는 혼자만의 추억이
되었다.

그의 시신이 한국으로 운구되던 날 비가 내렸다. 병원을 벗어나
는 Y의 운구차를 향해 눈물을 훔치던 식당 반장의 그 눈물이 진정
슬픔에 겨운 눈물이기를 바랐다. 그가 정녕 Y를 유인한 공범이 아
니기를 바라는 것처럼.

## 3. 릴리트

내가 사는 다세대 건물 지층에 폐지와 폐품을 줍는 여성 노인이 기거했다. 노인은 허리가 꾸부정하고 한쪽 다리를 절었지만 폐지나 폐품을 줍고자 부지런히 동네 곳곳을 돌아 다녔다. 노인네의 부지런은 그것들을 줍지 않으면 연명할 수 없다는 절박감 탓이겠지만 일흔을 훌쩍 넘긴 나이여서 그 모습을 보노라면 마음이 안쓰러웠다.

그나마 노인은 보기와는 달리 체력이 강건해 몸져 누운 적이 거의 없었고 성격도 모나지 않아 스스럼없이 말을 섞을 수 있는 가까운 이웃이기도 했다.

집에 일이 있어 일찍 퇴근해 오니 지층 계단에 의류와 책, 조리용구 등의 생소한 세간이 위태로울 정도로 쌓여 있었다. 마침 그것들을 정리하는 노인과 마주쳤는데, 얼굴에 희색이 분분해 "무슨 좋은 일이라도 있습니까." 하고 인사 겸해서 묻자, 노인은 쌓여 있는 세간을 가리키면서 "앞 집 빌라 아가씨가 필요 없다고 몽땅 내게 준 거예요." 하고 세간을 얻은 경위를 천천한 말씨로 내게 얘기했다.

앞 집 빌라 아가씨라면 6개월 전 우리와 마주한 빌라에 이사 온 젊은 여성을 가리켰다. 평소 그 아가씨가 노인에게 싹싹하게 굴고 인정을 베푼다는 것을 노인에게 들어서 알고는 있었다. 그렇다 해도 이렇듯 자신의 세간 모두를 노인에게 까닭 없이 주었다는 건 이해할 수 없는 일이었다. 그 이유를 이틀 후에야 알게 되었다. 빌라 아가씨가 자살한 것이었다.

자살한 여성은 키가 늘씬하고 예뻤다. 특히 블론드 머리 결에 짙은 선글라스, 검은 트렌치코트를 입고 외출하는 그녀를 보면 영락없는 배우였다. 그녀는 사실 '릴리트'라는 예명의 연예계 사람이었다. 비록 무명이고 연예계 언저리를 맴돌았어도 그녀는 TV 드라마와 영화에 단역으로 출연한 적이 있는 엄연한 탤런트이고 배우였다.

그녀가 자살을 했다는 소식이 방송을 타자 곧 인터넷의 화제 글에도 올랐다. 그녀가 자살을 하지 않으면 안 될 구구한 억측이나 소문과 함께. 자살의 동기는 생활고와 자신에 대한 환멸일 거라고 모 방송국 연예 담당 기자가 그렇듯 단정을 내렸지만 그건 어디까지나 추측일 뿐이었다.

그녀의 자살은 연탄가스 중독에 의함이었다. 경찰이 현장에 나와 연탄불을 피운 흔적 등 이것저것 조사를 하였음은 물론 그녀의 지인이나 그녀가 속한 연예 기획사의 관계자들도 경찰에 불려 가 신문에 응해야만 했다. 그럼에도 그녀가 자살을 하게 된 동기는 밝혀지지 않았다. 유서가 있었으나 그 내용은 담당 경찰과 그녀의 여동생만이 아는 공개할 수 없는 비밀이기 때문이었다.

그녀가 자살한 뒤 달라진 건 가끔 내가 사는 집 앞에 무단 주차하던 중형 BMW를 볼 수 없다는 점이었다. 그 BMW를 몰고 온 사람이 그녀와 시간을 보내는 동안 우리는 무단 주차로 인한 불편을 감수해야 했고 그 불편을 욕설로 되갚음하기 일쑤였다.

그녀의 자살이 세간의 관심에서 멀어질 쯤 그녀에게 빌라를 세준 여자가 자신과 친한 동네 사람에게 말을 풀었다.

자살자의 여동생이 월세 보증금을 받기 위해 찾아 온 것을 기화로 언니의 자살 동기를 물었더니 "TV 드라마나 영화 출연을 미끼로 돈을 요구해 전세금까지 빼서 갖다 바쳤고, 그것도 모자라 연예 기획사 부장과 대표에게 몹쓸 짓을 당했으니 어디 살 수 있겠어요?"라고 동생이 원망조로 대답하더라는 거였다. 나는 그 얘기를 듣고선 마음이 자못 씁쓰레했다. 세상에 대한 항변의 소리로 들렸기 때문이었다.

꽃다운 나이에 삶을 저버린 그녀, 비록 말을 나눈 적은 없어도 마주치면 미소를 머금고 묵례를 하던 아름다운 그녀, 그녀의 못 다한 꿈이 부디 저세상에서 피어나길 나는 속으로 빌었다. 하늘에 뜬 달이 유난히도 밝았다. 그녀처럼.

한국역 대합실에 상주하던 세 영혼 중 소녀 영혼에게 변화가 찾아왔다. 소녀 영혼이 오래도록 머물렀던 대합실을 떠나 저세상행 열차를 타게 된 때문이다. 그 소녀 영혼에게 있어선 다행스런 일이 었고 또 원한을 갚는 기회이기도 하였다.

대합실의 세 영혼은 오래전서부터 새로운 영혼들이 역으로 몰려드는 그 시각에 때맞춰 역사 입구에서 자신을 죽인 악덕 영혼을 한 결같이 기다렸다. 그 악덕 영혼을 잡아서 저세상의 형리에게 넘겨 쇠박 형을 받게 할 목적에서였다. 쇠박 형은 일명 공형이라고도 했다. 모양새와 크기가 큰 박과 흡사한 무쇠 공간에 중죄를 진 영혼을 가두는 형벌인데, 갇히면 영원토록 둥글게 말린 채 꼼짝없이 지내야 하니 그 고통과 괴로움은 형언할 수 없을 정도였다. 오죽하면 영혼들이 둥근 것을 보거나 그리는 것을 금기시할 만큼 쇠박 형은 절대적 공포이자 두려움의 극치가 아닐 수 없었다.

소녀 영혼은 자신을 죽인 악덕 영혼을 목격하자 품속에서 무엇인가를 끄집어냈다. 미리 준비한 밧줄이었다. 소녀 영혼이 암암리 악덕 영혼을 주시하고 있음에도 그 악덕 영혼은 눈치 채지 못하고 역사로 성큼성큼 걸어 왔다. 악덕 영혼은 웬 영혼이 가다 말고 입구에서 서성거리냐는 정도로 대수롭지 않게 여겼는지 모르겠지만.

악덕 영혼이 소녀 영혼을 지나치는 그 순간, 악덕 영혼이 무엇을 보았는지 흠칫했다. 그러나 때는 이미 늦었다. 소녀 영혼이 잽싸게 악덕 영혼의 목에 올가미를 씌웠다. 그리고 힘껏 잡아 당겨 목을 조른 뒤 발을 걸어 바닥에 넘어뜨렸다.

어느새 소녀의 영혼 중심으로 많은 수의 영혼들이 구경차 모여들었다. 그중에는 대합실에서 늘 마주치는 남자 영혼과 키가 훌쩍 큰 여자 영혼도 나란히 끼어 있어 소녀 영혼이 두 영혼에게 어깨를 으쓱하는 걸로 관심에 답했다.

이제 소녀를 살해한 악덕 영혼은 꼼짝없이 저승행 기차를 타야만 했다. 그 뒤 악덕 영혼은 형리에게 넘겨져 필경 그 무서운 쇠박 형을 받게 될 것이다. 소녀를 성폭행하고 살인한 죄목으로.

그 악덕 영혼이 소녀 영혼에 의해 머리가 쳐들려졌다. 놀랍게도 분사공장 저편 골목 어귀에서 구멍가게를 하던 그 남자이었다.


소녀 영혼이 저세상행 열차를 탄 지 얼마 지나지 않아 남자 영혼도 대합실을 떠났다. 원수를 잡았기 때문이었다. 몸집이 매우 큰 한 남자 영혼을 앞세워 저세상행 기차를 타는 남자 영혼은 의기양양했다. 그 의기양양함을 키가 훌쩍한 여자 영혼에게 손을 쳐들어 표출했다. 하직 인사였다.

손이 뒤로 묶인 채 남자 영혼에게 제압당한 악덕 영혼, 열차가 목적지에 닿으면 곧바로 형리에게 넘겨질 것이다. 그는 식당 반장이었다.

키가 훌쩍한 여자 영혼은 여전히 대합실에 머물면서 원수를 기다리고 있었다. 키가 훌쩍한 여자 영혼의 원수는 누구인지 알 수는 없지만 인간 세상의 배덕자 임엔 틀림없는 사실이었다.

네댓 명의 남녀 영혼들이 키가 훌쩍한 여자 영혼 곁에서 서성였다. 저세상행 열차를 타지 않은 새로 온 영혼들이다. 키가 훌쩍한 여자 영혼이 그들 영혼들을 아랑곳 않고 벽 쪽으로 걸어갔다. 그리고 늘 하듯 벽면의 낙서를 뚫어지게 쳐다봤다. 원통한 영혼들도 그제야 뿔뿔이 흩어져 대합실을 묵묵히 오갔다.

# 조문시에서 7일

# 조문시에서 7일

배낭 꾸리기는 언제나 성가시고 귀찮은 일이다. 텐트와 침낭, 세면도구와 옷가지, 상비약에다 필요 용품까지 챙겨 넣고 나니 어느새 한 짐이다. 나중 집에 돌아와 이것들을 세탁하고 정리하는 것까지 생각하니 한숨이 절로 나온다. 손잡이가 까만 접이식 거버 칼도 배낭 한 귀퉁이에 찔러 넣었다. 칼은 한 뼘도 못 되지만 집 떠날 때 꼭 챙기는 만약을 위한 호신용이다. 일을 대충 마무리 지었다. 출발은 내일 아침으로 예정돼 있다.

지금은 밤늦은 시각, 골목에 인적이 끊기는 시각이긴 해도 오늘 밤 따라 적요함이 더하다. 어수선한 방 안을 둘러보다가 조바심에서 주머니에 넣어둔 '통문'을 꺼내 눈에 담듯 되풀이해서 읽었다.

지시 사항이 명기된 두 줄 글귀, 행장도 준비되고 참여하는 쪽으로 마음을 다잡았는데 거사와 관련한 내용이어서 여전히 대략 난감이다. '일주일 분의 식량과 무기를 지참해 15일 15까지 조문시(市) 서쪽 외곽 고둥산 기슭에 둔진할 것'―백성연대 제4지휘부. 그나마 '대외비'라는 제목 탓에 쓴웃음을 지으며 무거운 마음을 추슬렀다.

윗선에서 오는 문서나 지침을 두고 우리는 뭉뚱그려 '통문'이라고 부른다. '통문'이라고 하니 덜 세련되고 구식이라는 감도 없지 않지만 우직하고 순박한 민중을 대변한다는 우리가 세련되면 안 되지 않은가. 윗선은 내가 연줄을 대고 있는 좀 더 체계적이고 규모가 큰 단체를 말한다. 물론 나도 그 단체의 속해 있다. 그 단체를 구체적으로 밝히면 박완사가 단책(장)인 '희망공작소'이다.

통문의 제목은 내용에 관계없이 언제나 '대외비'이다. 또 하나의 붙박이는 사안의 중요 여부를 불문하고 '읽고 나서 무조건 소각하라'는 주의 요망이 당구장 표시와 함께 끝단에 자리한다는 점이다. 숙지한 것도 반나절이 못 돼 몽땅 잊는 판국에 읽고 나서 무조건 소각하라니, 수뇌부가 바뀌면 통문 서식이 달라질지 몰라도 박완사가 단책으로 있는 한 그런 가능성은 희박하다.

박완사는 시골에서 농사를 짓던 사람이었다. 상경해 도시물을 먹고 이것저것 보고 듣다 보니 행색이나 언변이 확 달라졌다. 환골탈태라는 표현이 적절하리 만큼이나 신수가 훤해졌고 세련되었다는 뜻이다. 표정 관리가 탁월하고 수완이 좋아 이곳 사회에서 급 출세했고, 종내 백여 명을 동원할 수 있는 단책이 된 것이다. 그가 항용 쓰는 속담이 "개똥밭에 굴러도 이승이 좋다."인데, 자신의 변신을 비유적으로 하는 말이겠지만 농사짓기 싫어 이 계통에 발을 담군 것을 매우 보람시한다는 점이다. 홀쭉한 얼굴에 듬성한 머리칼, 짙은 팔자 눈썹과 실 웃음이 특징인 박완사는 지금 조문시에 가 있기라도 한 걸까.

조문시 서쪽 외곽에 위치한 고둥산은 큰 구릉 서너 개를 합친 크기였다. 야트막한 표고에 산 위는 깎인 듯 평평했고 민숭한 등선 아래는 물이 자작한 실내가 있었다. 산세가 작고 볼품이 없어서 산명이 붙었다는 것이 이상할 정도이다. 그럼에도 인적이 전무하고 자작나무와 굴참나무 같은 키 큰 수종들이 산재해 있어 경계를 서거나 둔진하기엔 적합했다. 산 중턱에서도 시가지가 있는 동편과 남북간을 훤히 볼 수 있을 만큼 전망 또한 좋았다. 우리에게 배정된 이 지역은 박완사 관할의 D지구에 속했다. 지구별 구분은 조문시의 관문격인 국도가 있는 동쪽에서부터 서쪽 끝 시가까지 시가 전체를 사등분하여 알파벳 순으로 정한 것인데, 동쪽의 A지구가 전방이라면 D지구는 후방 격이었다.

지형 순찰과 둔진처 물색을 겸해 산을 돌아보다가 산정 근처에 빈

건물을 발견해 그곳에 행장을 풀고 둔진처로 삼았다. 건물은 철구조 형태인데 짓다가 만 것처럼 지붕과 기둥만이 달랑했다. 용처는 알 수 없었지만 쑥대와 칡넝쿨에 에워 쌓여 폐건물과 다름없었다.

건물 안쪽, 회색 샌드위치 패널이 외벽처럼 선 곳에 청색 비닐 천에 덮인 불룩한 무더기가 눈에 띄었다. 들춰 보니 페인트를 담았던 양철통들이었다. 그중 하나가 무게감이 느껴져 뚜껑을 열고 살폈다. 응고되지 않은 은색 페인트가 얼마쯤 들어 있었다. 그걸 본 도비[1] 출신의 조포가 "도색장이었구먼." 하고 단정을 지었다. 아닌 게 아니라 벽면에 안전을 뜻하는 녹십자 표식과 그 아래에 '상도(초벌 칠)를 확실히 할 것.'이라는 주의 요망이 또박하니 쓰여 있었기 때문에 조포의 단정에 수긍이 갔다. 그 밖에도 '공장 내 흡연과 방뇨 금물' '출퇴근 시간 엄수' 등의 공지 사항이 명기 돼 있었고, 엿장수 가위 모양의 남성 성기 그림과 아울러 'Sex of climax' '낙서하지 마라' 그 문구를 되받아서 '너나 낙서하지 마라 모기보다 못한 년아!' 등의 실소를 자아내는 낙서도 있었다.

늦은 오후, 인원 점검과 임무를 부여하기 위해 사람들을 불러 모았다. 제4지휘부에 업무차 간 남 군을 제외한 전원이 패널 벽 앞에 모였다. 행여 내뺀 자가 있나 싶어 속으로 머릿수를 셌지만 인원 변

••••••

1) 철구조물과 족장 설치를 전문으로 하는 건설 기능공.

동은 없었다. 남 군을 포함하여 모두 18명, 3개조로 나눠 노씨와 문 재갑을 2조와 3조 조장으로 각각 정하고 임무를 부여했다. 1조 조 장은 내가 겸임했다. 1조가 둔진처 자체 경비와 회원들의 식사를 전담하는 대신 2조와 3조는 윗선에서 지시받은 무기 조달이 임무였 다. 무기는 거사 때 쓸 2미터 길이의 나무 몽둥이를 말하는데 수량 이 5백 개여서 이틀 기한 내에 마련될 지는 장담할 수 없었다.

내가 이끄는 단체는 '탄사모'이다. 즉 '탄압받는 사람들의 모임' 이 정식 명칭인데 회원 어느 누구에게서도 언제 어디서 어떤 탄압 을 받았는지를 구체적으로 들은 적이 없다. 나 역시 탄압 받은 기 억이 없기는 마찬가지이다. 다만 나나 회원들이나 공통적인 생각 은 온 세상이 우리를 탄압한다는, 막연한 피해 의식을 지녔다는 점 이다.

탄사모 회원 수는 60여 명에 달하지만 연락이 닿고 투쟁에 참가 하는 실제 활동자는 절반가량이다. 그중 18명이 이번 거사에 참여 했으니 적게 참여한 것은 아니다. 사실 이번 거사 참여자도 나의 측 근인 노씨와 문재갑, 남 군과 사전 협의를 통해 선정했다. 참여 인 원수를 윗선에서 주는 배분금에 맞춰야 하기 때문이다. 투쟁 참여 는 곧 수고비와 직결되니 모두가 투쟁에 참여하기를 바라지만 배분 금이 늘 그렇듯 적다 보니 제외자가 생기는 건 어쩔 수 없는 일이라 고 하겠다.

산에 지천인 것이 나무이지만 돌아다녀봐도 몽둥이로 쓸 만한 나무는 생각 외로 많지 않았다. 그것도 2미터 길이에 5백 개라니, 내심 걱정 반 짜증 반에서 "무기를 현지 조달하라고 지시한 놈이나, 그걸 받아들인 놈이나 한심하긴 마찬가지지." "몽둥이를 휘두른다고 해서 내뺄 경폭[2]이라면 우리 같은 정치 건달들은 벌써 오래전에 한 벼슬했겠다." 하고 투덜대며 산속을 배회하려니 맞은편 숲길에서 노씨와 문재갑의 모습이 눈에 띄었다. 그들이 이쪽으로 왔다. 문재갑의 표정이 구겨져 있어 몽둥이 조달 건 때문인 것 같아 내가 짐짓 쾌활하니 말을 붙였다 "야! 문재갑, 몽둥이 때문이야? 고민할 게 뭐 있어? 가늘거나 구불해도 좋으니 숫자만 맞춰." 그 말이 효험이 있었던지 문재갑의 얼굴이 한결 펴졌다. 곁의 노씨가 뭐라고 말을 하려다 내 시선과 마주치자 입을 다물었다. "노형도 회원들에게 그렇게 시키세요. 각 조 250개 정도는 어렵지 않을 거예요. 이틀 기한이라 시간도 있고. 1조도 거들 테니." 노씨가 알았다는 표시로 벙긋 웃었다.

내가 노형이라고 부르는 노씨는 나보다 나이가 서너 살 위이고 이 계통에 있어서도 나보다 일 년쯤 빠른 선배였다. 내가 십수 년 전, 카멜레온 권력이라고 하는 시민단체에 처음 발을 들여 놓았을

•••••
2) 경찰을 조폭에 비유.

때 만나 변함없이 교유하는 가까운 지인이자 성원자라고 말할 수 있었다. 노씨의 주업은 목수일이지만 요사이 허리가 좋지 않다는 이유로 늘쩡거려 그 점을 내심 못마땅하게 여기는 참이다.

박완사의 제4지휘부에 갔던 남 군이 돌아왔다. 켄터키 치킨을 얼마나 먹었는지 냄새가 풀풀 풍겼다. 표정이 시뜻해서 별 좋은 소식은 없는 듯 했다. 남 군의 본명은 '남죽'이다. 나이가 어려서 남 군이라고 부르는 것이 아니라 본명인 '남죽'이 어감이 좋지 않다고 하여 사람들이 마냥 남 군이라고 부르는 것이다. 본인도 처음엔 남 군으로 불리는 걸 싫어했지만 대세가 그러니 수용할 수밖에. 삼십 중반의 노총각이며 탄사모 회원 가운데 유일하게 석사과정을 이수한 인텔리겐치아다. 탄사모의 총무를 맡고 있다.

남군이 모인 사람들에게 공지 사항이라며 전제를 달고선 주섬주섬 말을 풀었다. "테두리가 없는 화가용 빵모자를 쓴 사람"과 "나이에 걸맞지 않게 수염을 기른 사람, 그것도 콧수염." "개량 한복을 입고 다니는 사람은 무조건 요주의해야 한다."는 총지휘부에서 입수한 경찰 지침 내용과 "지금 수천에 달하는 경찰 병력이 조문시를 향해 접근 중인데 금명간 조문시를 에워싸서 봉쇄할 것"이라는 소식 등이었다. 내 인원 중엔 경찰 지침에 해당되는 요주의자가 없어 다행이긴 해도 대규모의 경찰 병력이 조문시로 오고 있다는 건 꽤나 신경 쓰이는 소식이 아닐 수 없었다. 그러나 정작 신경이 쓰인 건 남 군이 가져 왔을 총알이었다.

우리끼리 모인 자리에서 남군이 총알을 내놓았다. 그런데 총알은 예상과 달리 반액에 불과해서 순간적으로 박완사에 대해 분기가 치솟았다. 분기는 욕지기로 변했다. '개자식! 우리 탄사모를 장기판의 졸로 아나.' '1천 갖고 누구 입에 붙이라고.' '애초 희망공작소에 참여 인원을 보고할 때 30명이라고 그토록 말했건만…….' 그러나 속내 말일 뿐 표출할 순 없었다. 누가 박완사에게 고자질 할 수도 있으니까. 그러다 참지 못하고 애꿎은 놈에게 화풀이를 하고 말았다.

"야! 남 군! 너 박완사에게 인원이 18명이라고 곧이곧대로 말한 게 아냐? 엉."

그때 문재갑이 거들고 나섰다.

"대장! 암만해도 납득이 안 가네요. 금액이 이렇게 다운된 데는 무슨 흑막이 있는 게 아닐까요?"

거기까진 좋았다. 그 말끝에 남 군이 혐의자라도 되는 양 눈총을 주는 통에 남 군이 그만 발끈했다.

"그럼 아나키스트 문이 직접 가지, 왜 못 믿을 나 같은 놈을 보내 놓고 이러쿵저러쿵하요. 참말로 기분 더럽소. 잉."

"뭐, 아나키스트 문이 직접 가지? 어쭈구리, 이 자식 봐라. 너 뒤지려고 환장했냐? 안 그래도 사람들이 너더러 시퉁한 놈이라고 씹고 있는데……."

"씹다 있다고 고라? 대체 그놈이 누구요? 이름을 대소? 남을 험구하는 놈은 이 참에 아주 니주구리 송판을 만들어 버릴께."

둘은 평소 사이가 좋지 않던 터라 당장 엉겨 붙을 기색이다. 그때 노씨가 나섰다.

"자, 자! 그만들 허이! 남들이 볼까 참말로 남사스럽네. 야! 막내 (남 군), 너 재갑 씨에게 대든 것 사과하고, 재갑 씨도 막내를 좀 보듬어 주는 아량을 보이소. 참말로 딱하다이."

험악해진 분위가 진정될 기미를 보였다. 전번처럼 멱살잡이가 벌어질까봐 은근히 걱정했는데 다행이었다.

두 사람이 이렇듯 사이가 나빠진 건 몇 개월 전, 연초 술자리에서 있은 사소한 언쟁이 발단이었다. 둘은 '민중이 밥 먹여주냐' '정부가 밥 먹여주지' 등으로 티격태격 하다가 종내 감정이 격화돼 멱살잡이까지 하게 되었고 그 후로 사이가 틀어졌다. 충동적이고 핏대를 자주 올리는 아나키스트 문이나, 시건방지고 자의식이 유별난 남 군이나 상대를 미워하기 전에 자신들의 모난 성격부터 교정해야할 일이다.

'아나키스트 문'은 문재갑 스스로의 호칭이었다. 문은 남 군보다 열 살 가량 많은 사십 중반이며 미용실을 하는 부인 덕에 여태껏 직업을 가져 본 적이 없는 전형적인 정치 건달이었다. 그는 '아나키스트'와 '민중'이라는 용어를 입에 달고 다닐 정도로 시민운동에 대한 자긍심이 대단했고 성격 또한 호협했지만 주사가 심해 사람들이 그와 어울리기를 꺼려했다. 그럼에도 그를 측근에 두는 건 나와 동향이기도 하려니와 투쟁시 앞장 설 그만 한 행동대장감도 없다는 판단에서였다.

우리의 생계는 전적으로 정부가 보조해주는 지원금과 기부금 명목의 기업체 상납금에 달려 있다고 해도 과언이 아니다. 그 대가로 우리는 정부와 정치판을 막무가내로 비판하고 가진 자에 대해 분노를 표출해야 한다. 물론 길거리 시위나 농성을 통해서다. 고맙게도 TV를 비롯한 언론 매체가 이런 우리의 역할을 제대로 홍보해 주니 임무 수행에는 큰 어려움이 없다고 하겠다. 간혹 눈 밝은 식자들과 보수 논객들이 정부와 우리 시민사회단체 간의 거래를 두고 '악어와 악어새 관계'니 '짜고 치는 고스톱'이니 하는 정곡을 찌르는 소리를 해대곤 하지만 그건 무시해도 좋은 경우이다. 세상이 이렇듯 요지경이 된 건 두루 만족케 하는 누이 좋고 매부 좋은 풍조 때문일 것이다. 그 풍조는 나와 같은 동꾼[3]들을 어엿한 직업인으로 자리매김한 시대적 현상의 다른 이름인 것이다.

• • • • •

3) 동원된 인력을 뜻함. 경찰은 돈꾼, 혹은 똥꾼이라고 부르기도 한다.

우리는 시위나 농성 같은 임무 수행을 간명하게 '투쟁'이라고 부른다. 투쟁이 어디 말로만 되는 게 아니잖은가. 행동이 수반되는 투쟁은 고초가 따르게 마련이다. 투쟁에 실제 참여해 본 경험자만이 안다. 눈비를 맞고 추위와 더위에 시달리는 건 예사고 한데서 수잠자는 것도 이력이 났다. 난장에서 빵 한 조각으로 허기를 때울 적도 허다하다. 행진 대열 때나 경찰과 대치할 때 생리적 해결도 간단치만은 않다. 그러나 정말 신경을 써야 하는 건 분위기에 반하는 행동거지나 표정이 방송 카메라에 잡히지 않도록 신중히 처신하는 일일 것이다. 만약 의도하지 않게도 반동적 행위가 언론이나 방송을 타는 날엔 이 생활을 종쳐야 하기 때문이다. 그래서 우리는 빈번히 운을 입에 담는다. 반동으로 퇴출되는 것도 운수소관이고, 언론과 방송이 띄워줘서 이 계통의 거물이 되는 것도 다 운이 따라줘야 하는 것이기에.

우리에게 배분되는 돈은 부정기적이지만 봉급생활자의 수입을 상회하는 수준이다. 그러니 이 업에서 발을 뺄 수가 없다. 박완사가 연식이 오래긴 해도 BMW를 굴리고 강남의 50평대 아파트에 사는 것도 그만큼 벌이가 좋다는 증거이다. 밑천 안 들여도 돈을 벌 수 있고 눈먼 시민들에게 추앙까지 받으니 일거양득인 셈이다. 어디 그뿐이랴. 정치 이념을 같이 하는 동지 정당이 정권이라도 잡는 날엔 벼슬자리는 따 놓은 당상이니 보장 보험치곤 이만 한 알짜 보험도 없다고 하겠다. 투쟁이 끝나 수고의 대가를 두둑이 챙겨 피맛골 빈대떡 집에서 동료들과 한잔 걸칠 때의 기분이란, 세상 어떤 즐거움과도 비견할 수 없다. 세상 사는 진짜 맛을 알려면 '동꾼이 돼 봐야 안다'는 말이 시중에 나도는 것도 생판 근거 없는 소리만이 아닌 것이다.

둔진처에서 맞는 첫 아침, 식사 후 둔진처를 지킬 노씨를 제외한 전 인원이 몽둥이 조달에 나섰다. 연장은 톱 세 자루와 낫 두 자루가 전부였다. 연장은 그걸로 충분했다. 산을 헤집듯 하고 다니며 몽둥이가 될 만한 나무를 찾았지만 비교적 곧은 나뭇가지나 어린 나무들은 고사하고 쉽게 부러지는 삭달이나 가는 싸릿대마저도 흔치 않았다. 조달 기한인 내일까지 5백 개를 마련하기가 어려울 것 같았다. 한시가 급한데 재목은 눈에 띄지 않으니 마음이 답답했다. 누가 등 뒤에서 "목재상에서 각목을 사서 몽둥이로 조달하는 것이 차라리 낫겠다."고 뻔한 소리를 해서 한 귀로 듣고 한 귀로 흘렸지만 고려해 볼 여지는 있었다. 그러나 아껴야 할 돈은 써야 하고 남아도는 인력은 아껴야 한다는 생각에서 그 소리가 달갑지 않았다. 그날 해질녘까지 전 인원이 매달려 겨우 마련한 몽둥이는 150개 남짓했다.

이튿날, 모두는 새벽같이 일어나 빵과 우유로 아침을 때우고서 전날과 마찬가지로 몽둥이 작업에 나섰다. 표정들이 한결 밝았다. 산속으로 흩어지기 전 "하는 데까지 하고 모자라면 목재상에서 사자."고 내가 말했기 때문이었다. 밤새 고심 끝에 내린 결단이었다. 식사시간을 빼곤 온종일 몽둥이 작업에 전념했어도 약정 수량에는 턱없이 모자랐다. 전날 한 것을 합쳐 3백 개가 채 되지 않았다. 천상 모자라는 수량은 목재상에서 각목을 사서 채울 수밖에.

저녁식사가 끝나자마자 모두는 늘 하던 포커나 홀라 같은 호작질을 마다하고 일찍 잠자리에 들었다. 고단한 하루였다.


3일째 되는 날 오후, 노씨의 승합차를 이용해 희망공작소 측에 몽둥이 5백 개를 넘겨주고 둔진처에 돌아오니 사람들이 모여 말다툼을 벌이고 있었다. 조 구분을 한답시고 문재갑과 그의 3조원들이 신발에다 은색 페인트칠을 한 것이 원인이었다. 다른 조 사람들이 단합을 해치는 돌출 행위라는 주장에, 3조원들은 다른 조원들이 신경 쓸 일이 아니라며 각을 세웠고, 나중엔 어이없게도 모두가 신발에 은색 페인트칠을 하는 쪽으로 합의가 이루어졌다. 시비는 일단락되었다. 그런데 페인트칠을 하는 과정에서 그만 치기어린 경쟁심이 발동해 낄낄대며 옷이며 손, 심지어는 얼굴까지 온통 은색 페인트로 칠갑하는 희극적 사태로 번졌다. 그뿐이랴. 각자의 몽둥이는 물론이고 탄사모의 유일한 화기인 문재갑의 엽총도 은색 페인트로 도색을 해야 했다. 엽총은 페인트칠을 하는 그 순간 사용 불능이 되었다. 방아틀 뭉치에 페인트가 스며 든 탓이었다.

나 또한 열외일 수 없었다. 내키지는 않았지만 회원들과 행동을 함께 해야 한다는 뜻에서 동참할 수밖에. 곰곰이 생각해 보니 이런 해프닝이 벌어진 건 박완사 부인이 운영하는 '희망가게' 때문이 아닌가 했다. 희망가게가 불우 이웃을 돕는다는 취지로 독지가들로부터 의류나 가방 등을 무상 기증받아 일반인들에게 비싼값으로 되팔지만, 희망공작소 소속원들에 한해 거저나 다름없는 가격으로 파니 그걸 염두에 두었을 거라는 짐작에서였다.

다음날 오전, 박완사로부터 지도위원 이상이 참석하는 전체회의가 오후에 있을 예정이니 필히 참석하라는 전통(휴대폰)을 받았다. 회의 장소는 제2지구 내에 있는 백성연대 총지휘부이지만 정확한 장소와 시간은 추후 알려주겠다고 했다. "총알을 왜 적게 보냈냐." 고 말하려는 순간 전화가 끊겼다. 박완사를 만나 직접 얘기하는 편이 타당할 것 같아 전화 연결을 시도하지 않았다. 어제 몽둥이를 넘겨주기 위해 제4지휘부에 갔었어도 박완사를 볼 수 없었다.

제4지휘부는 둔진처에서 멀지 않은 도로변의 한 2층 건물 지하에 있었다. 그 지하는 엉뚱하게도 성업 중인 노래방이어서 위장의 목적에서였겠지만 노래방 상호가 '희망'인 건 선뜻 이해가 되지 않았다.

점심 무렵, 박완사의 제4지휘부에서 사람이 왔다. 내가 잘 아는 박완사의 처남이자 희망공작소의 재정 담당인 정부연이었다. 키가 껑충하다고 하여 사람들은 이름 대신 통상 '봇대'라는 별칭으로 불렀다. 그가 둔진처에 나타난 까닭은, 회의 시간과 장소를 알려주고 회의장 입장시 머리나 목에 둘러야 하는 청색 머플러를 내게 전하기 위해서였다. 청색 머플러는 일종의 비표이지만 회의 참석자의 신분을 나타내는 등급 표식이기도 하였다. 지도위원을 뜻하는 이런 청색 머플러 이외도 붉은 머플러와 금색 리본이 있는데 붉은 머플러는 집행위원을, 금색 리본은 대표위원을 뜻했다. 리본은 가슴에 부착하게 돼 있었다. 신분을 대변하는 이런 표시는 규칙 그 이상이어서 어기면 윤리위에 회부될 만큼 반드시 준수하여야 했다.

그러나 단 한 사람만은 예외였다. 바로 이번 거사의 총지휘자이자 백성연대의 오너인 공칠수인바, 그의 얼굴 자체가 곧 골든 리본 즉, 리본 표식이 되레 위상을 격하시킨다는 참모들의 진언에 따른 결과에서였다. 그런데 공교롭게도 공칠수가 즐겨 쓰는 안경이 금테 안경이어서 리본을 대신하는 걸로 사람들이 오해했다. 또 그로인해 '금테 안경'은 '공짱'이라는 닉과 더불어 공칠수를 지칭하는 용어가 되었는데, 나 같은 중간급 동꾼들은 공칠수의 위치에까지 오르는 건 꿈도 꾸지 않지만 골든 리본의 반열에 오르는 것이 일생의 로망이 아닐 수 없었다. 박완사는 몇 달 전만 해도 붉은 머플러의 집행위원이었다. 거사 후원금 명목으로 거액을 백성연대에 헌상함으로써 그 대가로 대표위원이 되었다는 이야기가 한때 나돌았다.

봇대가 알려준 회의 시간은 오후 4시, 회의 장소는 제2지구에 있는 천주교 회당이었다. 백성연대 총지휘부도 그곳이었다.

둔진처에서 멀리 보이는 천주교회는 도심의 고만고만한 건물들 가운데서 하얗고 우뚝한 윤곽으로 한낮의 햇살에 감싸여 있었다. 봇대는 곧 돌아갔다.

지도위원 이상이 대부분 참석한 가운데 공칠수 주재로 전체회의가 열렸다. 회의를 주재하는 그의 모습을 보는 건 이번이 처음이었다. 공칠수의 모습이 인상적인 건 그의 배후에 시립꾼처럼 늘어선 낯익은 얼굴의 연예인들 때문이 아니었다. 2백여 명에 이르는 회의 참석자들을 상대로 그가 연출하는 제스처 때문이라고 할 수 있었다. 그가 오른손을 쳐들면 회의장이 시끌하다가도 일거에 쥐죽은 듯 조용해지는 반면, 왼손을 쳐들면 우레와 같은 박수와 환호가 인다는 것이다. 나뿐만 아니라 그 누군들 이러한 공칠수의 원맨쇼를 목도하게 되면 그를 경외하지 않을 수 없으리라는 생각이 문득 들었다. 공칠수의 존재감은 감히 범접할 수 없는 카리스마 그 자체였고, 그가 엮어 내는 시간마저도 현실이 아닌 신화로 착각될 정도였다. 화려한 언변가, 카멜레온 권력의 정점, 그란마[4] 목선의 82인의

---

4) 쿠바 바티스타 정부군과 싸우기 위해 피델 카스트로와 체 게바라가 80인의 혁명전사와 더불어 쿠바 항해시 이용한 목선.

이름을 전부 꿰고 있으리만치 피델 카스트로에 깊이 경도된 공칠수, 그가 이 백송국에서 쟁취하고자 하는 궁극의 목적은 무엇이며 그것이 어떻게 발현되고 귀결될지가 자못 기대되었다.

회의는 길지 않았다. 전차 대표위원 회의를 통해 결의한 바 있는 '백송민국을 백성민국으로 국호 변경' '정권 퇴진운동 지속' '뇌물 수수죄 철폐' '구속 동지들 석방' '노동법원 설치' 등의 대정부 요구안을 재차 확인하는 자리였기 때문이다.

굳게 닫혔던 회의장 문이 열렸다. 언제 몰려 들었는지 수십 명은 족히 되는 방송 관계자와 신문기자들이 한꺼번에 쏟아져 들어왔다. 공칠수가 만면에 웃음을 지으며 두 팔을 쩍 벌려 그들을 맞이했다. 거드름이기도 한 여유로운 몸짓이 사람들에 가려 시야에서 사라졌다. 이내 플래시 불빛이 번쩍번쩍 터지고 왁작한 웃음소리와 시끄러움이 그가 있는 단상을 중심으로 파상적으로 일었다. 그 소란스러움을 뒤로 한 채 동지들이 있는 둔진처로 향했다.

예정된 거사가 다음날로 연기되었다. 선봉을 맡기로 한 백성노총의 최대노조인 금속노조가 아직 도착하지 않은 탓이었다. 도착이 늦어지는 이유를 희망공작소 측에선 조문시를 봉쇄한 경찰이 금속노조의 조문시 진입을 막고 있기 때문이라고 했다. 그렇지만 정확한 정보일 순 없었다. 소문에 의하면 금속노조원들의 참여율이 적어 참여를 독려하느라 늦어지고 있다는 것인데 거사가 연기된다고 해서 우리에겐 하등 나쁠 게 없었다. 연기되는 일 수만큼 수고비도 그만큼 많아지니 동꾼들은 거사가 연기되는 걸 드러내놓고 반기기조차 하니 말이다.

박완사의 처남이 밤늦게 둔진처를 다녀갔다. 스카치 위스키 몇 병과 안주 감으로 돼지 족발을 사람들에게 돌리면서 박완사 하사품이라고 너스레를 떨었다. 금속노조가 조문시에 도착했으므로 내일 오전에 출정할 것이라는 기별차 왔는데, 무엇보다도 나를 기쁘게 한 것은 추가 배분금 1천만 원을 가져왔기 때문이다. 전차의 1천만 원을 합쳐 2천만 원인바, 회원에겐 80씩을 주고 측근 3인에게 각각 150씩 배분해 주더라도 내 몫이 400 이상이니 기쁘다는 표현만으로는 부족할 지경이었다. 마음이 한껏 고양된 터라 이번 거사 때 어느 단체원보다도 우리 탄사모 회원들의 활약상을 남김없이 보여 주리라고 마음속으로 다짐하고 또 다짐했다. 둔진처에서 집결지인 조문시 공설운동장까지 도보로 한 시간 거리여서 서두를 필요는 없었다.

조문은 수도에서 20여km 남쪽에 위치한 인구 10만의 도시이다. 본래 조문은 10여 년 전만 해도 세인의 관심 밖의 한낱 지방 읍에 불과했다. 어느 유명 운동권 인사가 죽음이 임박해 '조문시 북향산에 묻어 달라'고 유언했고 그 유언대로 묘를 쓰는 바람에 전국적인 지명도를 가진 오늘의 조문시가 되었다. 조문시 북향산에 묘를 쓰면 좋다는 입소문 탓도 있겠지만 그 이래로 노동·시민운동가가 사망하면 으레 조문시 북향산에 묻힐 만큼 조문시는 운동권 인사들의 단골 장지가 된 건 다소 이례적이 아닐 수 없었다. 이런 연유로 해서 조문시는 언제부터인가 장지 이상의 상징성을 갖게 되었는데, 탄압받는 민중들의 해방구 내지 성지처럼 되었다는 것과, 노동 쟁의든 시민운동이든 투쟁에 따른 출정식은 이곳 조문시에서 하는 것이 관례처럼 되었다는 점이다.

　집결지인 조문시 공설운동장은 시위 동꾼들과 차량들이 뒤섞여 한창 혼잡과 소란이 빚어지고 있었다. 선봉을 맡은 백성노총 2천여 금속노조원들은 이미 출발한 뒤였고 본대격인 한노총[5]과 길노연[6], 민시포[7], 정해연[8], 정실본[9] 등 백성연대 산하 단체들도 대오를 지어 속속 그 뒤를 따르고 있었다. 우리 탄사모는 후위대여서 출발을

••••••

5) 한마음 노동자 총연맹.
6) 길 위의 노동자 연대.
7) 민주시민을 위한 포럼.
8) 정리 해고자 연합.
9) 정의 실천 본부.

기다리는 입장이었다.

얼마의 기다림 끝에 이윽고 우리 탄사모도 대열에 합세할 수 있었다. 후위대의 선두였다. 문재갑과 남 군이 희망공작소의 깃발과 탄사모의 깃발을 각각 쳐들고선 보무도 당당히 출정 길에 올랐다. 목적지는 백송국 수도이며 국도로 해서 수도에 입성할 예정이었다. 연도엔 이미 상당수 시민들이 삼삼오오 몰려 나와 박수와 환호로써 우리 동꾼들을 성원하고 장도를 격려해 주었다. 특히 우리 탄사모에게 보내는 박수와 환호가 유난했다. 온몸을 은색 페인트로 칠한 때문인가 해서 창피하였지만 한편은 우쭐한 기분도 없진 않았다. 우린 시민들의 환호에 화답하기 위해 고등산에서 장만한 기다란 작대기를 높이 세워 허공을 찔러댔고 계속된 환호에 답하느라 팔이 아플 지경이었다.

동꾼들의 대규모 시위 행렬로 말미암아 온 조문시가 들썩들썩했다. 동꾼들이 내지르는 구호소리와 시민들의 환호성, 게다가 시위대에 지지를 표하기 위해 울려대는 차량들의 경적. 그런 와중에 저마다의 소속과 요구 사항을 명기한 각양각색의 깃발들과 플래카드들이 시위 행렬을 수놓았고, 시위 동꾼들의 외침과 구호에 따라 수십 수백 개의 깃발과 플래카드가 물결치듯 어지러이 난무했다. 시위 행렬이 나아가는 방향은 국도가 있는 동쪽이었다. 우리 탄사모 뒤로도 시위 행렬은 꼬리를 물었다. 그 끝을 가늠할 수가 없었다.

얼마 가지 않았는데 국도로 향해 가는 시위 행렬이 눈에 띄게 더
뎌졌다. 행진을 시작한 지 고작 30여 분 밖에 지나지 않아서였다.
아무래도 금속노조의 전위대에 무슨 일이 생긴 것 같았다. 그런대
로 질서를 유지하던 시위 행렬도 그에 따라 차츰 흐트러졌다. 가다
서다가 반복되기 때문이었다. 동꾼들이 잡담을 하고 담배를 피우기
도 하고 아예 대오에서 이탈해 도로변에서 개별 행동하는 일까지
생겨났다.

돌발 상황은 그때 일어났다. 국도가 있는 동쪽 하늘에서 갑작스
런 헬기 소리가 들려왔고 그쪽 하늘이 소나기 구름이 덮치듯 시커
멓게 변하기 시작했다. 헬기는 한 대가 아니었다. 십여 대 이상이
양익 형태로 벌려 이쪽을 향해 날아오고 있었다. 그것만이 아니었
다. 경찰이 시위 행렬을 기다려 미리 포진하고 있었는지 섬뜩하게
와 닿는 사이렌 소리에 이어 "해산하지 않으면 전원 의법 조치를
하겠다."는 확성기 소리가 주변 어딘가에서 들려 왔다. 확성기 소
리는 되풀이 되었고 위압적이고 뚜렷했다. 전위대인지 본대인지 알
순 없어도 저만치 앞쪽 방향에서 크고 파상적인 함성과 연기가 피
어오르는 것도 그 즈음이었다. 시위 행렬은 결국 더 나아가지 못하
고 건물과 집들이 한산하게 들어 선 조문시의 한 변두리 지역에서
돈좌하는 국면에 처하고 말았다.

돈좌도 오래가지 않았다. 헬기 편대와 더불어 시커먼 구름이 점

점 확연해지는 것을 본 누군가가 "똥탄이다!!" "똥탄이 날아온다. 피해라!!" 다급히 외쳤고 그 소리는 도망치라는 신호이기라도 한 양 사람들이 너나없이 대열에서 뛰쳐나와 갈팡질팡하며 흩어지기에 바빴다. 행진 대열이 삽시간에 무너졌다. 인근 일대가 피신하려는 동꾼들로 인해 큰 혼란과 소동에 휩싸였다. 그 난리 속에서도 은색페인트의 탄사모 회원들은 별 동요없이 내 곁에 모여 있었다. 똥탄이라고 하니 더 이상 머뭇거릴 수 없었다. 지금 상황에선 피하는 것이 상책이었다. 내가 움직이자 회원들도 곧 나를 따라 움직였다.

똥탄은 남해 어딘가에서 인분을 고도로 압축해 만든다는 소리는 들었어도 직격탄을 맞은 적은 없었다. 시위 중에 똥탄 냄새를 맡은 적이 딱 한 차례 있었다. 그 순간 똥냄새가 너무 지독해 머리가 아프고 속이 메스껍다 못해 결국 구토를 해야만 했다. 직격탄을 맞는다면 그 가공할 똥냄새가 생사람을 잡을지 모른다는 생각에서 진저리가 쳐졌다. 오죽하면 양잿물 한 사발을 마실지언정 똥탄 한 모금은 못 맡겠다는 말이 동꾼들 사이에 오가는 것만 봐도 똥탄이 엄청 지독하다는 것을 입증하는 사례가 아닐 수 없었다.

나와 탄사모 회원들은 그 혼란의 도가니에서 빠져 나와 무작정 시가 쪽으로 걸었다. 둔진처가 있는 고둥산 방향이었다. 현 상황에 대처할 마땅한 방안도 없거니와 우리의 행장을 실은 노씨의 승합차가 그곳에 있기 때문이었다. 길을 가는 도중에 마침 희망공작소 측의 봇대에게서 전화가 걸려왔다. 평소 그답지 않게 황급한 음성으로 '공칠수를 비롯한 백성연대 지도부 대부분이 경찰 특공대에 의해 피체돼 원장차[10]에 실려 갔다는 것'과 '원위치로 돌아가 대기하라'는 말을 전하고선 일방적으로 끊었다.

7일째가 되는 날 오후, 돈을 걸고 하는 호작질에 여념이 없던 사람들이 무엇을 보았는지 우르르 산 아래로 내려갔다. 내 건너편, 도로를 걸어가는 일단의 행렬 때문이었다. 비무장인 열 명 가량의 푸른 제복의 사람들이 길 좌우로 나뉘어서 호위인지 호송인지 분명치는 않지만 앞서 가는 가운데 자주색 개량 한복을 입은 한 남자가 상체를 숙인 구부정한 모습으로 뒤쳐져 걷고 있었다. 그 뒤를 부인으로 짐작되는 여자가 남매간으로 보이는 두 아이의 손을 잡고 남자를 묵묵히 따라 가고 있었다. 남자는 중키에 숱이 많은 더부룩한 머리를 하고 있었는데 옆모습이어서 누군지 알 수가 없었다. 그때 호기심을 참지 못한 문재갑이 은색 칠이 된 엽총을 높이 치켜들면서 "어이! 임자, 어딜 가는 거야." 하고 냅다 소리쳤다. 남자가 힐끗 이쪽을 돌아보았다. 그 순간 남자의 얼굴에서 뭔가 번쩍하고 빛났다. 그게 금테 안경이라는 걸 단번에 알 수 있었다. 남자도 곧 응대의

· · · · ·
10) 연행당하는 사람들이 원숭이처럼 소란을 떤다고 해서 경찰이 붙인 이름.

말을 이쪽에 던졌다. "백송 마을에 간다! 그대들도 백송 마을로 와라!" 남자는 공칠수였다. 사람들 사이에서 "공짱이야!" "공짱!" 하는 수군거림이 금방 일었다. 문재갑이 다시금 악쓰듯 소리를 내질렀다. "야!! 공상! 항복했구먼. 씹할." 이번에는 공짱이 응답하지 않았다. 공칠수가 시중의 웃음거리로 전락하는 것도 시간문제였다.

백송 마을은 고위 관료나 정치가 등의 저명 인물들이 은퇴 후의 삶을 사는 곳이었다. 정부가 국가 공훈자를 위한답시고 천혜의 지역에다 전원풍의 동네를 조성해 '백송마을'이라고 명명한 것이 유래였다. '거주 자격은 국가 공훈자에 한정한다'는 조건이 붙고 국무회의 의결을 거쳐야 하지만 그건 어디까지나 형식에 불과했다. 즉 거주 자격을 얻고 못 얻고는 최고 권력자의 의중 여하에 달린 것이다.

그곳도 상리와 하리로 나눠지고 등급적 구별은 존재한다. 하지만 거주민이 되면 온갖 특권을 누리고 무소불위의 권력을 행사할 수 있을 뿐만 아니라 장원 같은 저택에서 시중꾼을 두고 호사를 다하며 사니, 가난한 백성의 입장에서 보면 부럽기 짝이 없는, 그야말로 천국과도 같은 곳이었다. 그리고 국가에 의해 선정된 극소수의 사람들만이 거주의 혜택이 주어지니 마을민이 된다는 것 자체만으로도 개인의 영예는 물론 가문의 큰 영광이 아닐 수 없었다.

회의장에서 펼치던 공칠수의 카리스마는 더 이상 볼 수 없게 되었다. 신화는 이제 역사로 남았고 전설로 치부되던 그의 행적 역시 현실에서 더 이상 회자되지 않을 것이다. 민중의 우상은 그렇듯 우리에게서 멀어져 갔다.

이번 거사의 발단은 법원이 시민사회단체에 주는 기업체의 기부금을 뇌물이라고 규정한 데 있었다. 기업체의 기부금이 끊기면 대다수의 시민사회단체가 해체되거나 몰락할 수밖에 없고 동꾼들 또한 실업자 신세를 면치 못한다는 위기의식이 거사를 야기했다고 볼수 있었다. 그러나 그 점은 표면적인 이유이고 빌미인지 모른다. 공칠수가 획책한 거사의 본래 목적이 거사가 전국적인 소요로 확산되고 혼란이 가중되면 정권을 넘겨받을 수 있다는 노림일 거라는 생각을 금할 수 없었다. 어쨌든 시민사회단체에게 주는 기업체의 기부금이 뇌물로 규정되었으니 시위현장이나 농성장에서 밤낮없이 얼굴 협찬을 하던 직업적인 동꾼들도 이젠 볼 수 없으리라.

희망공작소의 단책인 박완사로부터 철수 명령이 떨어진 건 그로부터 시간여가 지나서 였다.

집에 돌아와 얼굴과 몸 여러 곳에 묻은 은색 페인트를 지우느라 곤욕을 치르고 있으려니 남 군이 잠시 들렀다면서 얼굴을 내밀었다. 그가 몇 마디 얘기 끝에 전문 동꾼인 친구로부터 들은 소식을 내게 전했다. '어젯밤 대학교수 출신의 장국이 공칠수의 뒤를 이어 백성연대의 CEO가 되었다는 것과,' '수석 대표 위원직이 신설되었는데 그 수석 대표위원에 선임된 사람이 박완사'라는 거였다. 장국인지 장초인지 하는 사람은 정녕 나의 관심 밖이지만 박완사의 출세는 못내 배가 아팠다. "뭣, 수석이라고? 지가 무슨 자격이 된다고 엉." 버럭 터져 나온 소리에 남 군은 움찔하였지만 내친김에 다한다는 듯이 '박완사가 수석 대표위원이 된 것은 이번 거사 때 공짱과 정부 측 간의 협상을 주선한 공로 때문'이라는 것까지 털어 났다. 그 말에 더욱 분통이 터졌다. "뭐, 주선자? 개똥같은 소리를 하고 있네. 주선자는 무슨 얼어 죽을 주선자야? 정부 측을 위해 쭉 첩자 노릇을 해 놓고선……." 내가 열불을 참지 못해 씩씩대는 사이 남 군은 사라지고 없었다.

화를 삭이는 데는 명상만 한 게 없다 싶어 하던 일을 중단하고 방바닥에 털썩 주저앉았다. 허리를 세우고 책상다리를 한 채 머릿속에 든 생각을 떨치려 하였으나 소용이 없었다. 눈을 감으면 홀쭉한 면상에 실웃음을 짓는 박완사의 모습이 떠오르기 때문이다. 게다가 '수단과 방법을 안 가리고 출세하는 놈이 장땡이지' 하고 꼴값을 떠는 듯이 여겨져 좀처럼 마음의 평정을 찾을 수 없었다. 게다가 추리닝 바지 주머니에 무엇이 들었는지 허벅지를 은근히 자극해서 집

중을 방해하지 않나……. 결국 명상을 포기하고 말았다. 냉장고에 든 소주로 마음을 달랠 수밖에 없었다.

　바지에 든 것은 일주일 전에 받은 구깃한 통문이었다. 익히 아는 내용이지만 그래도 글귀에 눈이 갔다. '일주일 분의 식량과 무기를 지참해, 15일 15까지 조문시(市) 서쪽 외곽 고등산 기슭에 둔진할 것' —백성연대 제4지휘부. '대외비' 통문을 북 찢었다. 소각이 늦었다는 자책이 그 순간 머리를 스쳤다.

# 조문시에서 7일

인쇄 2014년 4월 10일 | 발행 2014년 4월 15일

지은이 · 강경호
펴낸이 · 한봉숙
펴낸곳 · 푸른사상사
주간 · 맹문재 | 편집 · 지순이

등록    제2-2876호
주소    서울시 중구 충무로 29(초동) 아시아미디어타워 502호
대표전화    02) 2268-8706(7) | 팩시밀리    02) 2268-8708
이메일    prun21c@hanmail.net
홈페이지    www.prun21c.com

ⓒ 강경호, 2014

ISBN 979-11-308-0214-5  03810
값 15,000원